FRANCE QUÉRÉ

LE SEL ET LE VENT

Préface de Paul Ricœur

Bayard Éditions

Du même auteur

Le mariage dans l'Église ancienne (traductions et commentaires), Centurion, 1969
Dénuement de l'espérance, Le Seuil,1972
La femme avenir, Le Seuil, 1976
Au fil de l'autre, Le Seuil, 1979
Les Pères apostoliques, Le Seuil, 1980
Les femmes de l'Évangile, Le Seuil, 1982
Les ennemis de Jésus, Le Seuil, 1984
Évangiles apocryphes (réunis et présentés par l'auteur), Le Seuil, 1983
Une lecture de l'évangile de Jean, Desclée de Brouwer, 1987
La famille, Le Seuil, 1990
L'éthique et la vie, Odile Jacob, 1991
Honneur aux maîtres, Critérion, 1991
L'amour, le couple, Centurion, 1992
Celle qui riait quand Dieu parlait, Gallimard, 1993
Jésus enfant, Desclée de Brouwer, 1993
Si je n'ai pas la charité, Desclée de Brouwer, 1994
Montaigne. Sur la mort d'un ami, Desclée de Brouwer, 1995

En collaboration

Avec A. Hamman
– *Riches et pauvres dans l'Église ancienne,* Grasset,1962
– *Le mystère de Noël,* Grasset 1963
– *Le mystère de Pâques,* Grasset 1965
– *Les chemins vers Dieu,* Centurion, 1967

Avec H. Delanne et A. Hamman
– *La Messe,* Grasset, 1964

Avec B. Chenu, C. Prud'homme et J.-C. Thomas
– *Le livre des martyrs chrétiens,* Centurion, 1988

5e édition

ISBN 2.227.436 344

3, rue Bayard, 75008 Paris

Préface

Comment parler de France Quéré quand le travail de deuil de l'ami est à peine commencé ? Et comment écrire, comme à distance, quelques lignes sensées en tête d'un recueil de chroniques où l'agilité d'esprit de France, se révélant en parfaite complicité avec les lois sévères du genre, ne peut que défier les propos inévitablement généraux du préfacier ?

Car le lecteur, qui ne lit chaque fois qu'un de ces courts textes, ne soupçonne pas à quel point la chronique est un genre difficile, surtout lorsque sa pratique revêt les formes d'une discipline quasi professionnelle d'écriture, comme ce fut le cas chez France Quéré, auteur par ailleurs de vrais et savants livres. Les contraintes du genre de la chronique sont rudes, en effet : faire passer un message significatif dans un espace limité ; aborder une variété de thèmes sans devenir auteur touche-à-tout; varier le degré de profondeur, non seulement d'une chronique à l'autre, mais au cours du même billet, en conduisant le lecteur du fait divers, de la rencontre furtive, de l'éclat d'un paysage ou d'une saison à la courte méditation coulée dans un aphorisme parfois percutant, voire brillant, toujours fortement pensé; toucher à des sujets techniques sans dérouter les ignorants, varier le rythme de la phrase, depuis l'enchaînement rapide des idées, en passant par la progression patiente des arguments, jusqu'à la lenteur concertée de la pensée rêveuse ; polémiquer sans offenser, prendre position sur les questions disputées tout en laissant de l'air à l'opposant; dire sa conviction, sa foi, son appartenance confessionnelle, sans véhémence, dans un respect de l'autre proportionnel aux dissentiments reconnus; jouer sur plusieurs tons, celui de la gravité méditative, celui de la prose poétique, voire celui de l'espièglerie moqueuse. France Quéré savait faire tout cela.

Je propose un parcours rapide de ses chroniques, qui, s'étendant de 1977 à 1995, se répartissent entre *La Croix, Panorama, Réforme,* donc tour à tour des publications catholiques et protestante; cela en dit déjà long sur la qualité d'œcuménisme si caractéristique des engagements de France Quéré. Je ne voudrais cependant pas commencer par cet aspect des chroniques, mais plutôt y venir en fin de parcours. J'ai pensé en effet pouvoir rendre hommage de deux façons différentes au talent de chroniqueur de notre amie : d'une part, en procédant à une recension des *rubriques* sous lesquelles ces chroniques déploient leur étonnante diversité, d'autre part, en soutenant l'évocation des thèmes traités par un choix de citations marquées du sceau de l'aphorisme, où se conjuguent la brillance et la profondeur du style de notre journaliste.

Je proposerai comme première rubrique l'*esprit du lieu.* L'auteur a parlé avec un même amour, une même vénération, des villes et des campagnes. Voici d'abord Montpellier « la ville natale », maintes fois « rejointe par l'oisiveté studieuse » du flâneur ; mais voici aussi les Cévennes, « terre de résistance » ; au milieu d'un pré se dresse seul le chêne vert : « Il a choisi de représenter l'éternité… cet arbre est un veilleur » ; quant à la terre, c'est comme terre habitée de façon immémoriale que nous l'aimons : en témoignent les « monuments durables de la pierre, durables parce que dès le début mis à part de l'utilité par un être humain qui d'emblée déboîte du réel… s'est fait théologien » ; et voici cette église de Saintonge, qui dit à la fois la peine des hommes et l'invisibilité de Dieu ; la vieille maison « à démolir » dit la blessure faite au site ; il n'est pas jusqu'au cimetière qui ne témoigne de la vie dont il protège la mémoire dans sa clôture.

Après l'esprit du lieu, je dirai les *rencontres.* Voici, dans la chronique la plus ancienne, la rencontre à

Alger d'Ahmed : « Le jour finissait, opposant sa gloire à l'ennui des faubourgs. Ahmed continuait à parler. J'apprenais la simplicité. » Et voici « le bon petit gars de banlieue ». Et la dame aux oiseaux, « ignorée des hommes, bénie par les oiseaux ». Et Aziz, sourd et aveugle mais tenace étudiant, délivrant son message « d'amitié et de volonté ». Et la poésie triste de la petite fillette parée de feuillage : « L'innocence parle à la vulgarité… elle s'éloigne, l'enfant vêtue de ses vérités, l'enfant couronnée par les fées. » Sont aussi rencontrés, à la faveur d'une plaque commémorative, deux morts aux destins inégaux : « L'un est né pour tomber, l'autre pour demeurer. » Mais le lointain ne croise pas moins notre route : « la distance favorise, bizarrement, l'approche » ; oui, « l'étranger est un prophète » et « il y a de la subversion là-dedans ». Mais le mot le plus profond est peut-être celui qui dit le jeu de la singularité et de la similitude entre humains : « Quelqu'un qui est comme moi et quelqu'un qui n'est comme personne. »

J'aimerais rassembler sous le signe de l'*amour des mots* les nombreux coups de sonde donnés du côté du langage. Et ce qui a fasciné France : le contraste entre la sagesse enfouie « dans nos plus vieux mots » et « le voyage aléatoire » des mots « gonflés comme une voile par la poésie ». Du côté de la pérennité, la persistance au creux des étymologies de cette langue dite morte, le grec, que notre amie lisait si bien. Non moins énigmatique, la puissance de l'écriture : à elle nous sommes redevables du plaisir de la lecture, mais, notation plus étonnante, de la sorte d'équité républicaine exercée par les bibliothèques à l'égard des auteurs : « Cicéron se lamente, sans émouvoir Diderot à ses côtés. » Mais un tableau, une peinture sont aussi à lire ; en témoigne le subtil papier sur le sourire de la Joconde dont le secret est peut-être derrière elle dans le paysage qui lui aussi se donne à déchiffrer. Quant à la fête de la musique – *An die Musik* –, elle étend l'empire des signes au-delà des mots, jusqu'à jouxter le religieux. Mais je mettrai au plus haut le vibrant hommage adressé à l'admirable livre de Jorge Semprun, *l'Écriture ou la vie.* Là, France Quéré vibre avec…

Nous faisons une halte sur la voie de l'éthique en célébrant l'*amour de la vie* qui fut la basse continue de l'existence de France : ce qu'elle appelle « les sommations du bonheur » ne constitue pas un thème à part, mais comme une grande accolade qui embrasse les figures temporelles du vivre, dans son étirement, sa fragmentation en instants et son rassemblement dans « la saveur de chaque matin ». Ce thème a sa légèreté, mais aussi sa densité : on voit France Quéré troublée par la profondeur du temps du monde, explorée par nous, les hommes, « ces gens de la dernière heure ». Il est émouvant de nous savoir précédés, « fruits d'une patience inaltérable ».

Nous abordons la rubrique de l'*éthique* avec une forte affirmation. À ceux qui de toute prise de position font une « question de principe », nous dirons : oui, nous sommes des êtres de conviction. Non, nous ne sommes pas les héritiers d'une unique histoire, mais de plusieurs traditions : « La morale est une corde faite de trois brins : le principe qui éclaire la conscience, le calcul qui démêle les complexités du réel, la compassion qui se dévoue aux personnes. » On ne s'étonnera pas que, membre du Comité consultatif d'éthique médicale, France Quéré aborde quelques problèmes de bioéthique, avec la liberté de touche qui convient à la chronique. Elle dit franchement non au prétendu droit à l'enfant, qui aligne celui-ci sur les choses sur lesquelles on a domination, oubliant qu'« il revient à l'amour de faire advenir l'autre pour lui-même ». Elle ironise en passant sur une civilisation du congélateur, inaugurée par l'embryon congelé ! Mais elle fait l'aveu honnête de son hésitation face à la question du statut de l'embryon : chose ? non ; animal ? non ; personne ? non plus. Alors ? « Être humain » ? sans doute ; mais qu'a-t-on dit ? Elle retrouvera son assurance, confrontée aux transplantations d'organes du mort au vif : « C'est du sein de la mort affirmer encore la vie, et au destin qui a tout saccagé répondre par une offrande salvatrice. »

Et nous voici transportés *du côté de la femme...* et du féminisme, et aussi de la famille. Sur le seuil de cette nouvelle rubrique, nous saluerons « la dame aux trois prénoms » : Ève, mère des humains, aide pour (avec ? contre ?) le masculin.

Une complexe différence s'annonce : non pas la « chère » différence qui conforte les hypocrites machistes, mais « la bonne différence », celle qui aurait échappé à la jalousie de maîtres menacés dans leur supériorité prétendue. France, la féminine, n'ignore pas que nos grand-mères ne nous ont transmis aucune parole sinon, en tête des « plus vieux mots », le oui de la promesse qu'elles ont dû prononcer pour que nous soyons là. Elle n'ignore pas non plus que la femme, jusqu'à peu, a été celle qui n'a nommé rien ni personne, qui n'a pas eu le droit de dire « qui était l'enfant ». Et elle ne fait aucune concession au pseudo-argument du respect de la culture face aux pratiques abominables d'infibulation et d'excision qui, dans une certaine Afrique, continuent de mutiler les femmes. Mais elle sait aussi que ce que l'on donne à la femme, à la mère, n'est pas retiré au père et à la paternité, cet « état immuable » : « Qui devient père le reste à jamais, fût-il mort ou brouillé avec ses enfants. » Quant à la famille, notre auteur d'un livre qui porte ce titre ne cache pas qu'elle tremble pour son avenir : un temps vient où on ne dira plus « bonjour, mon cousin ». « Que sera la famille demain si elle n'est ni communautaire, parce qu'elle ne l'a jamais été, ni conjugale, parce qu'elle ne veut plus l'être ? »

Rentrons dans une région plus fréquentée par notre auteur ces dernières années, celle des *prises de position* sur la société, la guerre et la paix. Ce n'est pas une idéologue qu'on entend, mais, comme je le suggérais plus haut, une femme de conviction et de discussion, ouverte à l'objection de l'autre. Dans les années quatre-vingt, elle dit sa sympathie, hésitante, pour le pacifisme, « ce cri innocent et juvénile poussé devant la radicalité de notre destin ». Face aux revendications d'identité, elle se méfie : « Le souci de l'identité vire au nationalisme et pointe ses canons vers l'extérieur » ; « l'identité se trouve en se négligeant... » Elle aurait préféré qu'aux commémorations du débarquement on associe les Allemands, les citoyens de cette nation voisine « qui a donné des marques de repentir visibles et durables » ; car « commémorer signifie se souvenir avec ». Elle voit l'Europe culturelle sous le signe d'un triple héritage : « Le Romain juge, le Grec médite, le Juif adore, et derrière eux, l'Orient rêve. » En avance sur l'époque, elle demande le 1er avril 1992, que nous ayons le courage de nous accuser et de nous excuser – en tant que nation et qu'État – de la rafle du Vel d'Hiv. Quelques mois plus tard, elle laisse parler son indignation à la nouvelle des destructions de Mostar et de Sarajevo ; non, on n'a pas le droit de tuer en même temps la mémoire et l'espérance ; consternée, elle observe que « les villes conjuguent toutes les vulnérabilités ». Un peu plus tard encore, le 12 février 1994, elle ne retient pas un accès de colère et d'ironie amère à l'égard de notre frilosité après les massacres de Sarajevo : « Sarajevo, encore », titre-t-elle. Que dire, en effet ?

Après cette confrontation avec le mal dans l'histoire la plus contemporaine, il nous faut suivre celle qui se laissa qualifier de « théologienne protestante » sur le chemin de l'*Évangile des Églises et de l'œcuménisme.* Disons d'abord qu'il est une route que notre amie répugna toujours à prendre, celle de la spéculation. Non seulement parce que le genre de la chronique ne s'y prête pas, mais parce que cette voie lui paraît barrée par le mal. Certes, elle confesse avec le père Martelet, notre ami commun, que l'amour est plus originaire que le mal : « Ce n'est pas l'obsession de nos péchés qui nous rapproche de Dieu, mais la conscience de notre dignité inséparable de son éternel amour. » D'ailleurs, l'homme serait-il l'homme, s'il n'avait péché et n'avait pris le chemin du dur labeur ? Et Eschyle n'a-t-il pas touché juste : « par la souffrance, la connaissance ». On ne tiendra pas non plus l'homme pour responsable des catastrophes naturelles ; non, l'homme n'est pas coupable de tout : ce serait lui reconnaître la toute-puissance. Cela contre toute emphase du mal moral. Mais, *quid* du mal de souffrance ? Plusieurs billets en disent le scandale et confessent, face à lui, l'échec de la parole. La rencontre du père et de la mère de l'enfant mort lui arrache ces mots : « Il n'y a pas de fraude chez ceux qui souffrent » et « douleur prêche douceur » ; mais aussi « il n'est pas vrai qu'au Golgotha la mort ait eu le dernier mot ». Ne nous reste pourtant qu'un « silencieux langage ». Le défi de la souffrance des petits reste entier. Jésus n'explique pas, il dit seulement : laissez venir à moi les petits enfants ; « c'est là sur le mal tout son commentaire ». Ce silence est le prix à payer pour pouvoir proclamer que l'amour est fort comme la mort. Cette parole devrait suffire aux chrétiens pour opposer aux philosophes du non-sens et de la résignation que la vérité n'est pas triste : « Triste, la vérité ? Oui, si tu l'aimes peu. » Sache qu'« elle t'a aimé la première ».

Mais cette parole qui met l'amour avant le mal et encore après lui, en dépit de lui, cette parole, avec qui la dirons-nous ? C'est ici que la place de France Quéré dans l'espace œcuménique est clairement désignée. Elle professe avec une égale force son enracinement dans l'Église de la Réforme et son ouverture sur les autres Églises, et d'abord sur le catholicisme dont son travail exégétique lui a fait partager la recherche ; est-il besoin d'ajouter que son accueil dans la presse catholique l'a assurée qu'elle était entendue là aussi. Si elle a pu tenir les deux professions de foi qu'on vient de dire, c'est parce que pour elle, l'Évangile, prolongé par les Giotto, saint Benoît, Rembrandt et Bach, est ouvert à une lecture plurielle : « Choisir ? Jamais de la vie ! Tout est vrai… l'Évangile n'en finit pas de s'écrire, ni le lecteur de s'étonner. » Cette attestation ne met personne à l'abri des affrontements doctrinaux, moraux et pratiques : « La vérité a besoin de se blesser à d'autres vérités » ; « la fidélité à une Église ouvre les portes à une plus vaste Église qui est tous les autres ». Si chacune des traditions a besoin de la correction fraternelle des autres, c'est parce que la vision de chacune est affligée par des aveuglements qui constituent en réalité l'envers de sa propre force de témoignage : « Aux catholiques, les pires étroitesses ; aux protestants, le laxisme. » C'est pourquoi ce n'est pas la colombe qui, dans chaque camp, se donne à voir, mais « le faucon gris perché sur des poings ecclésiastiques ». La violence n'est pas encore dépassée, « l'imposture guette toutes les religions ». « Fanatisme encore » titre ce papier. Forte de ces assurances contrastées, France Quéré n'a pas craint de s'aventurer sur le chemin périlleux de l'admonestation. Le destin a voulu que ce fût une de ses dernières chroniques (8 avril 1995 !) au journal *Réforme,* sous le titre « Démoralisante morale » ; il s'agissait de l'encyclique pontificale sur l'*Évangile de la vie* : « Mais si le pape s'adresse à l'univers entier, pourquoi laisse-t-il sa sincérité s'abîmer dans le mépris, pourquoi condamne-t-il au lieu de permettre les humbles moyens dont disposent les hommes pour atténuer leurs malheurs et avancer vers le mieux ? » Mais le même samedi 8 avril paraissait dans *La Croix* un commentaire intitulé « Ce sont eux ». Qui, eux ? Les jeunes.

C'est sur cette *adresse aux jeunes,* qui ressurgit sous plusieurs formes dans le présent recueil, que j'aimerais terminer ce parcours : « Merci, jeunesse… si à partir des héritages tu fais œuvre novatrice », écrivait-elle dans *Panorama* en été 1994. Comme elle devait écrire dans son dernier papier : « La jeunesse nous étonnera toujours. » Mais ce mouvement de fond, mouvement éminemment de confiance, loin de cautionner la complaisance, autorisait une sorte de sévérité affectueuse ou, aurait dit mon maître Jaspers, le risque d'un combat amoureux. Évoquant les « brèves amours » des adolescents, elle proteste : oui, « l'amour est très capable de durer » ; revenant à la charge dans « Les lycéens et l'amour », elle plaide pour la loi, grâce à qui « l'amour sort de l'hésitation et entre dans la résolution ». Alors, ce fut sans flatterie que dans un dernier papier elle put faire écho à ces enfants, fiers de leur différence ; ils ont raison : « Chacun est soi et pas un autre. » Ce mot – hélas ultime – ne reprend-il pas un des tout premiers de ce recueil : de l'autre il faut dire « qu'il est quelqu'un comme moi et quelqu'un qui n'est comme personne ».

Paul Ricœur

1

Ahmed, ou la simplicité

Je n'ai connu Alger, à l'occasion d'une escale, que par la compagnie d'un homme, Ahmed, chauffeur de taxi. La voiture s'embarrassa dans les sorties de six heures et finit par s'immobiliser devant un camion qui venait de se renverser avec sa cargaison de blé. Des fantômes la ramassaient sans trop s'exciter. Nous avions l'éternité devant nous. Et quand, à la nuit tombée, je quittai Ahmed, j'en savais plus que d'avoir lu dix livres. Surtout une complicité était née, la vie en fera ce qu'elle voudra, rien sans doute. Mais Ahmed est dans ma mémoire, et comme beaucoup d'hommes et de femmes, il accourt si je l'appelle.

Si je n'oublie pas Ahmed, c'est que sa conversation fut singulière. Il fallut d'abord que je m'explique sur ma venue en Algérie. Quand il sut que je me rendais à un séminaire sur la pensée islamique, il fut en belle humeur ; il pourrait philosopher, j'étais censée le comprendre. Nous en vînmes ainsi à parler de grands sujets : la guerre d'abord, sur laquelle nous dûmes faire un curieux duo, lui regrettant que les Français ne fussent plus là, moi qu'ils eussent tardé à lever l'ancre. Mais il fut surtout question de la façon de résister à son destin et j'acquis sur le fatalisme arabe des notions définitives. Ahmed, comme tous ses frères, avait appris à accepter les coups inévitables du sort. Mais là où le destin hésite, il reprenait son libre arbitre, et jouait de ses muscles. Laissant à Dieu les décisions grandioses, il s'appropriait tout le reste. J'avais à mes côtés un stoïcien monté droit de l'Antiquité.

Le jour finissait, opposant sa gloire à l'ennui des faubourgs. Ahmed continuait à parler. J'apprenais la simplicité.

Il est rare qu'à Paris l'on fasse ainsi connaissance, je veux dire avec cette parfaite limpidité du cœur. Un examen s'impose d'abord : qui est-il, que j'ajuste le ton ? Cette précaution ne met pas en cause la gentillesse de nos interlocuteurs. Elle signifie seulement que le Français a l'esprit de système. Il aime classer les gens selon leur ordre de respectabilité. Il y est si exercé qu'un coup d'œil suffit à évaluer le seuil d'estime, ou si l'on veut, le niveau de mépris. Et il n'y a plus qu'à traiter en conséquence l'immigré, la femme, l'enfant, le non-diplômé et autre piétaille des cités. Personne, bien sûr, ne m'interdit de tricher avec ces calculs faciles, et je ne m'en prive pas, non plus qu'une foule d'autres. Cela me vaut une moisson de sourires et d'incompréhensibles faveurs dont mon cœur est réjoui. Mais je sais que cela ne saurait nous entraîner trop loin. Notre société a des mâchoires de crocodile, si elle les entrebâille, c'est pour la sieste. Le temps des affaires revenu, elle les refermera d'un coup sec.

Quand, au matin de la rentrée, j'arrivai dans le collège où je venais de recevoir ma première affectation, l'équipe des professeurs fit cercle autour de la nouvelle venue que j'étais. On voulait me faire bénéficier sur l'heure de l'esprit de famille qui régnait dans la maison. Mais derrière ces mains tendues et ces yeux fraternels perçait une curiosité plus précise : jusqu'à quel nœud avais-je pu me hisser sur la corde académique ? Sans ce renseignement, comment voulez-vous qu'on sût le degré de familiarité auquel on avait droit ? Je fis la mystérieuse, m'amusant de l'embarras général. À la fin de la semaine, le plus âgé n'y tint plus, il éclata : « Agrégée, n'est-ce pas ? » Les dents serrées, les professeurs présents avaient lâché leurs copies et tous les crayons étaient en l'air. « Non », laissai-je tomber. Dans la salle, l'on respira. On pourrait me fréquenter sans trop souffrir : entre leur rang et le mien ne s'interposait pas toute la distance que l'on avait redoutée. Et l'on me parlerait sans tortiller son béret sur le ventre.

Le plus drôle est que le Français se sentirait angoissé sans cette référence obsessionnelle à la hiérarchie. Il puise là une gamme variée d'émotions et de jouissances, allant de l'ivresse à la terreur : cela fait le sel de sa vie. Et si la bureaucratie est si puissante chez nous, c'est un peu en raison des plaisirs qu'elle procure : ils ne tiennent pas au sexe, mais au nombril, et c'est autrement plus grave. Il n'est que l'orgueil pour surpasser en intensité les délices des sens. On vit peut-être plus d'amour-propre que d'amour.

Si vous ne m'en croyez, fréquentez donc quelque brave homme ayant pouvoir de juger, d'inspecter, de décréter, de commander.

Il vous dira, sans que vous le forciez trop, les merveilles du rapport hiérarchique, à quoi nul n'échappe. La plupart le vivent modestement, pas lui, en quoi il est exemplaire. Il parle avec abondance, n'ayant pas de raison de garder secrètes ces histoires où il cumule les grands rôles : il est le narrateur et l'acteur. Et quel acteur ! Arbitre, messie, redresseur de torts et *deus ex machina*. Il tient du démon Asmodée pour ce qui est de savoir, et de l'ange Gabriel pour ce qui est d'intervenir.

Vous vous apercevrez, quand vous aurez fait plus ample connaissance, qu'il n'abuse pas de ses pouvoirs, du moins s'il est dans l'enseignement.

Le monde de l'éducation est aussi débonnaire qu'il est ordonné. La pédagogie verse sur les contraintes de l'appareil l'huile d'une charité innée. On ne rudoie guère le personnel ; on ne congédie pas ; si ce malheur survient, il est temporaire, et cela fait du bruit, dont s'émeut la presse. Le plus souvent tout se passe bien. On veille à ce que le maître garde de lui-même une bonne et humble opinion.

On le déplume et on lui donne des ailes. Du même geste qui le tance, on le cajole. Les deux ensemble font de lui quelqu'un de moyen. Il est indispensable au bien public qu'il se sente au milieu. Ni trop, ni trop peu, et à sa place sur quelque échelon.

Je parle de ce que j'ai entrevu, et je crois que tout bien compté, ce n'est pas méchant... Mais dans la tête d'Ahmed, il n'existe ni hiérarchie, ni esprit de comparaison. Il n'a pas l'idée de jauger et de juger : ce que je suis, ce que je vaux, ce que je gagne. Que dans le civil je sois princesse ou boniche, il n'a cure. Mon rang ne l'intéresse pas ni le nombre de mes bagages. Nos catégories lui échappent. Il a du respect une idée moins administrative ; disons qu'il est sur cette matière plus religieux. Je suis son hôte, il me protège et me sert.

Si vous voulez de la hiérarchie, il est le maître et le valet tout ensemble, moi je préfère dire mon frère.

(Août 1977.)

2

Les sommations du bonheur

Faut-il aimer la vie dans la durée ou dans l'instant ? Je ne sais pas ce qui distingue l'instant de la durée, sauf un peu de géométrie. La durée ne m'est connue que par une succession d'instants, notion elle-même abstraite si l'on y réfléchit : tout est instant et non succession. Et l'instant ne m'est perceptible que si loyalement il s'étire. Le temps humain ne commence qu'au sein d'une certaine longueur ; en deçà, ce sont des carrières effrayantes de brièveté, ces secondes fractionnées en millions de parties ; elles intéressent le physicien, mais passent la sensibilité et l'entendement communs.

Impossible de mesurer dans sa longueur et sa largeur notre amour de la vie : est-ce une heure, est-ce dix ans ? Mais dans la profondeur, la conscience se déploie avec allégresse. Je n'entends goutte à la quantité. Sur la qualité, je suis imbattable, et vous aussi, je parie.

J'ai des yeux pour voir, et toutes les teintes me charment, même le ciel gris ; des oreilles qui écoutent avec le même délice la lourde respiration de la ville et les jacasseries d'oiseaux au petit matin. J'ai des mains qui aiment toucher les choses et cette accointance quotidienne avec les objets familiers, la drôlerie des légumes ou la majesté des fruits me rend toujours plaisant ce que d'autres appellent les corvées ménagères. À leur contact, mes sens s'éveillent et s'émerveillent, et demain cela sera encore. La vie en elle-même est un bonheur, qui n'est ni pour hier ni pour demain. Elle mérite d'être respirée, bue, étreinte, épousée. Nous dérober à cette dévotion-là fait de nous des sots, avec probablement une pointe de méchanceté : comment peut-on négliger tant d'offrandes ? Les plus pressés d'entre nous, qu'ils continuent à courir, s'ils le jugent utile, mais qu'ils gardent une âme de promeneur ! Qu'ils aient l'honnêteté de considérer la feuille qui tremble, qu'ils présentent leur visage aux caresses de la pluie, qu'ils aspirent cette inépuisable saveur de l'existence qui nous rend heureux sans raison !

Je ne veux point parler ici des joies et des peines irrésistibles qui entrent dans toute vie et auxquelles nous nous abandonnons comme, sous les hautes vagues, les corps des naufragés. On se dérobe difficilement au souffle des événements extrêmes. Je parle des zones neutres qui constituent la maille quotidienne de la vie : nos proches, nos paysages ordinaires, nos gestes coutumiers ; l'habitude, ou leur douceur même, suffit à les rendre, eux, médiocres et nous, indifférents. Il est rare que nous consentions à trouver aimable la réalité. Depuis tant de milliers d'années, nous sommes éduqués par une morale qui croirait déchoir de recommander les joies immédiates, estimées tour à tour grossières, illusoires ou égoïstes ! Partie gagnée d'avance : nous étions peu disposés à nous laisser ravir. Nos sens étant émoussés avant d'avoir servi, il n'est pas difficile de nous persuader du bon aloi de la tristesse.

Or tout est bon à vivre, rien n'est médiocre et tout doit être aimé ; même la banalité, parce qu'elle n'existe pas, même l'effort, parce qu'il faut qu'il existe, même les alarmes que nous nous imposons pour des bénéfices tardifs ou grevés d'incertitudes. Notre corps et notre esprit sont à l'œuvre et peinent, mais l'espérance éclaire nos pas mieux qu'elle ne le fait encore de l'horizon. L'avenir, connais pas : nos projets ont déjà commencé, nos promesses ébauchent déjà les figures définitives. C'est tout de suite ou jamais.

Depuis longtemps, les terres du globe sont explorées et exploitées : plus de vides où l'esprit vagabonde. Mais le temps est toujours « le vierge, le vivace et le bel aujourd'hui » : chaque matin est l'étendue blanche, que n'a salie aucun pas, souillée aucune lâcheté, ensanglantée aucune cruauté : il s'offre à nous dans l'avidité de ses neuves promesses. Chaque instant est un champ de neige, que nous foulons avec allégresse.

À ceux qui disent que la vie n'a pas de sens, je répondrai en effet qu'elle n'aura jamais de sens si elle n'a pas d'abord une saveur, et à ceux qui refusent les fortes joies de l'instant parce qu'ils ont la pensée lacérée de grands soucis politiques et sociaux, je dirai que le politique et le social n'ont pas besoin d'une pitié larmoyeuse, mais veulent d'abord l'élan de notre compagnonnage et de notre entêtement.

Chaque instant est un cadeau qu'il faut savoir saisir, quoi que nous en fassions. « Agir est une joie, percevoir est une joie aussi, et c'est la même. Nous ne sommes point condamnés à vivre ; nous vivons avidement. Nous voulons voir, toucher, juger ; nous voulons déplier le monde[1]. » Et les philosophes païens ne sont pas seuls à s'exprimer ainsi. Il y a dans l'espérance, la foi et la charité une véritable sommation du bonheur.

(Avril 1981.)

---

1. Alain.

3

Comme moi et comme personne

Plusieurs voyages dans les pays du Maghreb n'ont pu atténuer l'étonnement que suscite à chaque fois l'emploi du mot : « Occidental ». Je ne comprends que trop bien la somme de sentiments et de ressentiments qu'éprouvent des peuples qui souffrent encore des séquelles de la colonisation. Mais enfin là-bas, quand on dit : l'« Occidental », un caractère est censé se définir, une personnalité, des mœurs et des conduites précises. L'Occidental peut être finlandais ou natif de Sicile, espagnol ou slave, il est l'Occidental : un matérialiste, un rationaliste, un expansionniste. On ne fait pas de détail. C'est une seule âme et un seul corps.

L'Occidental, lui, ne cède pas, chez lui, à ces visions réductrices. Il reconnaît les ressortissants de chaque nationalité au premier coup d'œil. On ne confond pas un Grec et un Anglais. Et chacun dans son pays d'identifier avec la même aisance les provinces respectives. Le Parisien, d'origine composite, se reconnaît à son accent, le Picard et le Basque ne sentent entre eux rien de commun, et le grand sursaut régionaliste de notre époque ne fait rien d'autre que rendre leur légitime importance à ces différences dans les natures et les cultures de chaque province.

Mais pensez-vous que l'unité soit enfin proclamée à l'intérieur d'un même terroir ? Voici que ceux du Nord s'irriteraient d'être comparés à ceux du Sud, et les gens de la plaine ne ressemblent pas du tout aux populations des collines. Dans cette campagne de l'Ouest où je passe mes vacances, on m'apprend que la Loire sépare des catégories humaines foncièrement différentes et qu'à Nantes, le Vendéen ne se confond pas avec le Breton. Au sein de l'unité plus réduite qu'est le département, on distingue toujours. Les villes importantes exercent des rayonnements particuliers.

Un professeur d'université m'a prétendu un jour qu'il repérait sur-le-champ l'étudiant issu de Montpellier et celui qui était né à Béziers. Il est vrai que soixante kilomètres au moins séparent ces deux villes. Il y a largement de quoi constituer deux civilisations originales. Mais, dans le petit pays cévenol que je rejoindrai bientôt, je retrouverai, comme à l'accoutumée, la vieille querelle entre les gens de mon village et ceux du bourg voisin. Le patois, chez moi, est plus pur. Les gens sont ouverts et francs. Les voisins sont plus renfermés, plus méfiants, et il est bien connu qu'ils ne parlent qu'un dialecte abâtardi. Et, plus loin, dans ce hameau de montagne, il n'y a que deux foyers. Naturellement, ils s'opposent trait pour trait.

En revanche, ces gens qui, tout à l'heure, divisaient leur humanité en parcelles infinies, se retrouvent tous d'accord pour définir d'un mot les qualités du Maghrébin, de l'Africain ou de l'Asiatique. Les kilomètres, les frontières, les histoires, les accidents de la guerre ou des invasions, les aventures culturelles, le foisonnement des croyances, cela ne compte plus. Ces peuples-là méritent des jugements globaux et des évaluations grossières. Qu'ils soient des millions et même des milliards n'effarouche pas, au contraire. Leur nombre renforce leurs caractéristiques communes.

Ainsi, en regardant autrui, nous faisons preuve d'un strabisme tantôt convergent, tantôt divergent. Mais, que nos yeux divisent ou qu'ils confondent, le résultat est identique. Cette malheureuse infirmité, en dépit de sa contradiction apparente, pose en étranger celui que nous considérons. Elle définit un autre, comme bloc ou comme particule isolée. Elle l'enferme dans un jugement qui est aussi un préjugé : ni l'un ni l'autre ne sont flatteurs. Car c'est affirmer en lui un conditionnement plutôt qu'une libre conscience.

Si nos yeux regardaient droit, d'un beau regard parallèle, nous découvririons sûrement que cet autre, mon voisin de palier ou le lointain indigène dont tant d'océans me séparent, est aussi quelqu'un qui est comme moi et quelqu'un qui n'est comme personne.

(Août 1981.)

4

Chère différence

L'émancipation féminine qui est l'un des phénomènes majeurs de ce demi-siècle ne rencontre plus, comme jadis, l'objection de l'incapacité ou de la perversité des femmes. Mais partout traîne une peur qu'une formule constante exprime : « L'égalité va ruiner leur différence ! » Entendez : si elles exercent les métiers des hommes, elles vont ressembler à des hommes. Avatar d'autant plus fâcheux qu'on ne voit pas très bien, à part les emplois de sages-femmes, de prostituées ou de bonnes à tout faire, à quels métiers elles peuvent se consacrer sans se dénaturer, puisque tout le reste est d'essence virile, et notamment les fonctions dites supérieures.

A-t-on cependant remarqué qu'une femme médecin se fasse appeler monsieur par ses malades abusés, ou que madame le ministre, ou madame le professeur, ne se reconnaisse encore assez bien à sa voix, à son habillement, à ses manières ? Les sociologues, qui imputent l'augmentation du divorce à la mixité où le travail entraîne les femmes, confirment à leur façon que la séduction, c'est-à-dire la différence, fonctionne encore honorablement.

Quand on prétend que l'égalité tue la différence, on a peut-être oublié de noter que l'inégalité excelle encore mieux à cette destruction.

Les inquiets peuvent du reste se rassurer : le travail, qui a l'esprit conservateur, a maintenu, plus que les familles, l'inégalité entre l'homme et la femme : pour 30 ouvriers spécialisés hommes, on compte 45 femmes ; et 32 contre 11 manœuvres hommes. À qualification égale, l'écart des salaires varie entre 20 et 50 %. Faut-il interpréter ces injustices grossières comme les subtiles précautions que la société prend d'instinct pour maintenir le doux commerce entre les sexes ?

Regardons les choses de plus près : égalité et différence sont deux concepts qui n'ont entre eux aucune interférence. L'égalité porte sur le degré d'estime sociale. Elle traite de la dignité de l'être, à qui elle prête plus ou moins de valeur. Elle instruit parallèlement le procès d'une collectivité qui glisse ses désirs de puissance et de profit dans les interstices de ses idéaux démocratiques.

La différence est une question de nature. Elle n'a rien à voir avec le rang hiérarchique. Elle définit un style, une manière personnelle, un charme, un mystère. Elle tient à l'être, et non au métier, à moins que ce métier ne soit justement de ceux qui abîment l'être, le chargeant de trop de fatigues. Mais cette perte de la différence, répétons-le, n'intéresse pas grand monde.

En revanche, l'accès aux emplois supérieurs nourrit les craintes : on s'afflige pour l'avocate, pour le professeur, pour le directeur, pour le diplomate, quoique leurs emplois soient séduisants pour l'esprit et moins rudes que la besogne à la chaîne, et que par ailleurs on les déclare « épanouissants » ! Ce qui épanouit abîme en même temps ? Clarté de la réflexion !

Ceux qui s'offraient de la différence immolée à l'égalité déplorent en vérité tout autre chose : ils ne peuvent souffrir que la femme devienne dans leur carrière un rival au même titre qu'un homme. Une simple question de jalousie leur fait redouter que la femme cesse d'être femme et se masculinise.

La « différence » résidait en l'absence de compétition, dans le travail, la conversation, dans l'intimité. Le charme féminin consistait en cette innocente et flatteuse présence qui ne mettait pas en péril, faute de se mesurer à elles, l'intelligence et les prérogatives d'hommes. Il vaut la peine de consulter les journaux des années 1880, lorsque les premières femmes commençaient à briguer les métiers supérieurs.

On y tenait le même discours, avec cependant plus de franchise. Car au lieu des mots abstraits de différence, d'identité, de spécificité des sexes, on disait tout droit comme on pensait : elle va perdre son charme avec son ignorance. Elle ne sera plus notre repos, à nous les trépidants, si elle sort de son état de langueur et d'oisiveté. Son angélique mystère se dissipera si elle apprend à raisonner. Elle ne nous aimera plus si elle ne nous aime exclusivement et à longueur de temps. Elle perd sa différence si nous lui devenons indifférents. L'enseignement réservé aux filles avait les mêmes préoccupations : fabriquer des êtres qui plaisent, un peu de littérature, un peu de catéchisme, un peu d'aquarelle, mais pas de connaissances techniques, surtout pas. Cela blanchit le teint. Le bonhomme Arnolphe, et rien d'autre...

Au fond, tout se réduit à un déplacement de la jalousie, qui cesse d'être sentimentale pour devenir une concurrence professionnelle. La rivalité naît sans l'irruption d'un tiers. Dès le couple, le rival se présente : c'est elle. La voilà, la différence : la jalousie ne porte plus sur l'amour mais sur l'amour-propre.

(Février 1982.)

5

L'oasis et le désert

La Genèse raconte que Dieu ne laissa pas Adam, sa créature, oisif au paradis. Il lui confia de cultiver et de garder son verger. Ce fut le premier travail humain ; on imagine qu'il ressemblait à une agréable promenade. La main, en ce temps-là, n'avait qu'à cueillir les fruits. Après la faute, le travail porta la marque du châtiment : il s'alourdit de difficultés, d'ingratitude, de peines. Il fallut arracher au désert les produits quc l'oasis dispensait généreusement. L'homme apprit à se nourrir à la sueur de son front, entre épines et ronces. Regardons ce deuxième travail : c'est le nôtre. Pas plus que chez l'Adam déchu, notre ouvrage ne se confond à un pur plaisir : c'est bien dans le désert que nous avons été chassés ! L'argile fuit sous les doigts du potier, la pierre éclate sous le couteau du sculpteur, le fer résiste à celui qui le courbe, la page du poète reste blanche, l'instituteur n'apprend rien à ses enfants sans leur mener la petite guerre. En un mot, rien ne consent.

Tel est le réel qu'affronte l'homme en travail, une substance insolente, avec laquelle il faut se battre. L'Adam pécheur là-dessus en remontrerait aisément à l'innocent qu'il fut : parce que la nature est rebelle au désir de l'homme, parce que création et créature ne sont plus de mèche, la maîtrise du monde passe par une série de gestes compliqués, et sa connaissance par les âpres efforts de la pensée.

Quelle leçon tirer de cet affrontement continuel ? Peut-être le vieil auteur biblique mesurait-il l'équivoque du châtiment divin, qui livrait l'homme, parmi épines et ronces, à d'étonnantes aventures.

« Par la souffrance, la connaissance », disait Eschyle. Le récit de la chute a-t-il la même idée ? Il semble presque. Le fruit dérobé était, paraît-il, celui de la connaissance, mais Adam et Ève après sa consommation ne s'aperçurent que de leur nudité. C'est être encore bien peu savant.

Le véritable fruit de la connaissance n'est pas la pomme volée mais le châtiment de Dieu, qui jette l'homme dans un univers sans complaisance. À celui-ci, un Origène pensait déjà à attribuer l'avènement de la technique. L'homme n'avait plus le choix. Il fallait être intelligent ou périr. Ses efforts ont satisfait aux exigences grossières de la survie ; il a dû s'abriter des intempéries, des bêtes ou des hommes, s'assurer le sommeil et la nourriture, et cela est toujours vrai. Mais à forcer ainsi l'obstacle, à user de volonté, d'astuce, de patience, l'ouvrier s'est fait artiste. Il faut bénir les actes difficiles, les problèmes récalcitrants, les savoirs longuement élaborés. Tout ce qui nous résiste nous élève au-dessus de nous-même. Celui dont on dit qu'il a des « facilités » n'ira pas loin s'il ne les traite comme d'abominables difficultés. En infligeant la douleur à l'homme, Dieu lui a appris à dépasser ses besoins immédiats : il lui a fait désirer autre chose que la primaire survie qui déjà lui coûtait tant d'efforts ; l'homme a eu envie des choses inutiles, qui réclament de nouvelles peines et peut-être de plus amples.

Et l'on voit bien que des préoccupations gracieuses ont toujours accompagné l'urgence vitale. Les débris des sociétés anciennes et presque effacées témoignent du miracle : le style est né avec l'utilité. Les murs se sont couverts de fresques, les poteries de frises et les formes se sont voulues pures. Armes et bijoux sont nés ensemble et que l'on n'invoque pas la coquetterie des femmes ; c'est d'une volonté plus profonde qu'il s'agit. L'homme a consenti à souffrir davantage, pour comprendre et pour embellir. Dès le commencement, le travail, en quoi le rédacteur de la Genèse voit une malédiction, s'est donné deux buts : la nécessité et la gratuité, et sans doute l'une par l'autre et réciproquement. Sans la peine, qui eût imaginé le plaisir ?

De la servitude est née la liberté, de la douleur les délices, de l'effort les sciences et les arts. Le pain gagné à la sueur du front recélait des bénédictions inavouées. Par les ronces et les épines, Dieu annonçait des réalités plus belles que ces « arbres séduisants à voir et bons à manger ». Somme toute, le désert l'emportait sur le jardin. Adam a bien fait de pécher, et Dieu de punir.

(Mars 1982.)

6

L'esprit des Cévennes

C'est l'esprit d'indépendance qui saisit le voyageur lorsqu'au sortir d'un chemin de forêt, il découvre soudain la rondeur d'un sommet, avec l'ivresse du jour illimité. La liberté, en terre cévenole, tient pavillon haut.

Rien de commun avec les Alpes ; pas d'arête, pas de glaciers, pas de torrents. Le pays se prête peu à la carte postale. Mieux vaut écrire à ses amis sur une feuille blanche, pour leur confier qu'un séjour dans les Cévennes est à la fois la révélation poignante du réel et une aventure métaphysique. Une puissante présence sacre ces terres. Les monts courbent l'échine et la forêt s'interrompt avant le faîte, comme pour laisser les dieux libres. De sa masse sombre sourd une plainte basse, tenue comme la note d'un orgue, mais en haut le vent s'en donne à cœur joie, s'enroulant autour des rochers, faisant alterner son chant de source avec les brusqueries du silence, puis à nouveau haletant au ras des pentes.

Dénuement ou plénitude ? Tout vous appartient et tout vous résiste. La croupe calcinée, le vent rebelle, l'ingratitude des taillis enseignent une autre maîtrise que celle des biens terrestres : le sens d'une juste économie de soi. Cet éclat et ce dépouillement réveillent la conscience oublieuse et rappellent à l'homme que parmi la création, il est le seul à bénéficier du statut d'animal tragique : la pensée de la mort aiguise le désir d'exister aussi fort que l'on pense, et au prix des rigueurs qu'il faut. Le pays lui-même paie d'exemple, et d'abord le ciel et le sol, tendant l'un vers l'autre, à bout de bras, leurs boucliers têtus. Sans cesse ni pitié le soleil éclaire leur affrontement, et la lumière ne se résout que tard dans la soirée à l'ombre et à la brume. Ici, même les mystères étincellent.

Que font sur les sommets ces rocs plantés comme des échardes, selon une intention indéchiffrable ? Champ de ruines ou monde à peine ébauché ? L'habitude de la chronologie en prend un coup. Le site, qui ne cultive pas l'illusion, en sait long sur la carrière réelle de l'humanité. Inutile de lui en remontrer avec nos histoires de progrès et de changements. Pour lui, la civilisation en est toujours au temps des barbaries originelles et celui-ci durera tant que les hommes ne vivront pas tous debout parmi ceux qui n'ont pas encore accepté d'être leurs frères.

Les pierres avec leurs formes de tombes attestent la persistance de cette passion pour la dignité ; depuis les cultes celtiques jusqu'aux combats camisards puis maquisards, elle n'a pas dû beaucoup varier. On imagine sous chaque pierre un soldat tué la mine haute, son bouclier maintenu contre lui, et raidi par la mort dans sa faction éternelle.

Cette terre est celle de la résistance, dont elle porte étrangement la figure. Elle est le ralliement naturel de ceux qui veulent que la conscience garde ses droits, ceux de Dieu compris, et jusqu'à le tutoyer. Le pays n'est pas fait pour les âmes conquérantes, il déteste l'agression, répugne aux convictions exagérées et jamais n'a prêché la croisade. Il veut simplement, mais le veut rudement, que l'esprit n'essuie pas d'offenses. Aujourd'hui encore, on trouve au hasard des vallées des résidus de religions, des fragments de sectes démodées, des cultes capricieux. D'un amas plus qu'hétéroclite, se dégagent quelques idées fortes, communes à tous : la volonté de ne rien demander à personne, et un net penchant pour l'austérité.

Ces grands entablements de rochers, de quels dieux étaient-ils donc les autels ? On touche presque du doigt une métaphysique jalouse et démesurée, qui a dressé la créature aux rudesses de la prière et de l'effort. La pierre, avec ses cicatrices profondes et ses haillons de lichen, témoigne de cette patience fièrement acceptée.

Le sol est revêtu d'une herbe rase, dure et luisante comme le poil d'un taureau, et le pied fait sauter, tels des éclats de silex, des insectes secs. Monde d'os et d'épines, qui n'autorise pas la rêverie. Il faut l'indulgence des herbes hautes, la complicité des eaux dormantes, le chuchotement des feuillages entrelacés pour donner un berceau aux fées. Les Cévennes ne sont pas la Bretagne malgré la parenté des âges géologiques. Le pays ne sait que répéter la vieille leçon tirée de ses affrontements. Les hommes y ont vécu sous la loi d'un réel intraitable. Soldats et paysans ont gardé et fouillé la terre avec presque les mêmes outils. Ils ont arraché le pain dans les intermittences de la guerre, pied à pied, pierre à pierre. Dans ce combat permanent, la parole se fait rare, l'esprit se cantonne à ses devoirs et la dureté quasi abstraite de la survie impose silence et ordonne presque tous les actes. De l'imagination, rien à faire et pas le temps.

Tellement le site s'identifie à son effort que la géographie enseigne l'histoire avec par surcroît une leçon de philosophie. Un pays, mais aussi une sagesse, et des plus âpres.

(Novembre 1982.)

7

La lettre

On n'écrit plus beaucoup de lettres. Le téléphone a tué cet art trop long et trop lent. Je sais des jeunes gens qui se sont épousés sans s'être jamais écrit. La chose serait sans importance si la lettre ne créait une relation raffinée, établissant entre les êtres une véritable « correspondance », comme dit, avec son infaillible instinct, le langage.

Les gens qui ne s'écrivent pas ne correspondent pas en effet : ils se passent un coup de fil, s'informent, discutent ou négocient, bref, ils sacrifient le caractère poli, attentif, réfléchi de la lettre au succès de leur entreprise.

L'écriture installe d'abord une proposition gracieuse : la lettre toujours ressemblera à un cadeau. Le message inventé pour un seul, la peine et le temps employés, l'enveloppe cachetée et son envoi, l'attente qui la précède ou la surprise qu'elle suscite, tout cela s'apparente à l'offrande.

Ensuite la lettre amène un interlocuteur aimable. Il survient, discret, patient, tandis que j'écris, adouci par son immatérialité et presque confondu à la nature des dieux, invisible, et rempli d'une intention bénévole : il m'écoute sur la pointe des pieds et, ô merveille, il n'interrompt pas ! Je suis seul, mais nimbé de cette amitié diffuse qui me ferait croire exaucé le rêve de tant de religions éprises d'unité. Solitude et silence ont créé autour de moi une flatteuse compagnie, bruissante de voix aussi légères que sur le papier ma plume.

Devant cette discrétion, comment ne pas s'abandonner à la sincérité ? En public nous sommes souvent crispés, à l'affût d'un personnage, qui nous dissuade d'être ce que nous sommes, par jeu, par ambition ou par fuite. Le timide et le conquérant se rejoignent au moins dans cette fraude de l'apparence qui dessert l'un mais exalte l'autre.

La lettre me dispense de ces contrefaçons. Ne redoutant plus les équivoques du face-à-face, je bénéficie de la douceur des absents et de leurs exceptionnels égards. Je m'enhardis, et puise dans les pensées les plus chères. Combien d'aveux passent par la poste, qui sur des lèvres avaient expiré ! Un autre s'est levé en moi, refoulé tantôt par les brusqueries de la rencontre. Je dis : un autre. J'ai tort. C'est le plus moi d'entre moi.

Ma vérité enfin se déploie, lente et libre, débarrassée des critères en vigueur, et sur ce point elle accède à la dignité de la philosophie. La suprématie que notre époque donne au son et à l'image extermine ce genre méditatif et l'homme intérieur qu'il révèle, jugé déficient. L'audiovisuel, les normes imposées par la technique, réclament infaillibilité et vitesse. Malheur à qui bafouille ! Honte à celui qui, en vue d'une embauche, ne résout pas ses vingt-trois tests en moins de quinze minutes ! Sus au nigaud qui garde le silence ! Le singe performant qu'on exige en toute occasion a modelé les rapports nouveaux et requiert un fonctionnement parfait. Peu importe la vérité d'un homme, on veut son exactitude.

Or la vérité s'élabore lentement, par esquisses, arrêts, retouches. Une lettre s'écrit posément, sans que les mots se précipitent dans l'ivresse de leur accumulation. Si je parle de moi, ou de toi, avec sincérité, j'ai besoin d'interroger et de me faufiler patiemment parmi les vérités repliées et les sentiments inconnus. Le silence de la plume me permet ces finesses.

Une lettre, ce peut aussi être très peu, quelques lignes, un souffle, et les sens de beaucoup, rompus au choc des images et des bruits, ne les perçoivent pas. Nous avons du reste pris l'habitude de considérer que le plus profond de l'homme était fait de passions frénétiques. Qui dit qu'il n'est pas aussi, ou parfois, le tremblement d'extrêmes nuances ?

Le raffinement que suppose la lettre se reconnaît aux formules de salutations, bizarrement maintenues, mais qui attestent déjà des signes de caducité, comme le genre lui-même. Le jour où le vidéophone et la télématique régleront tous les échanges à distance, alors, sans doute, plus personne n'écrira à personne, et l'on pourra prendre le deuil du peu de politesse qui demeurait encore entre nous.

(Novembre 1982.)

8

L'étranger est un prophète

Il se cache un prophète dans tout étranger. L'Évangile s'en était avisé : qui le premier répond à l'attente du Christ ? Le centurion romain, la Cananéenne, le seul des dix lépreux qui ne soit pas juif, le bon Samaritain ; ou ces autres, qui appartiennent à la nation mais pas à ses normes, y vivant en condition refoulée : femmes, enfants, pauvres, réprouvés. De son exil, le lointain voit plus clair que le familier ; la distance favorise, bizarrement, l'approche. D'où vient cette perspicacité ?

L'Évangile la lie surtout au désintéressement de l'étranger, qui renforce la pureté de son examen. N'étant pas l'enfant du pays, il n'est pas associé à ses privilèges et ne participe pas à ses aveuglements. Pas de richesse qui le fait complice d'un système à lui libéral ; pas de savoir qui le distingue du commun et l'invite à l'ivresse des discours. Pas de pouvoir, qui lui donne raison même quand il n'a pas raison. Le dénuement de l'étranger lui taille le jugement droit. Il pense juste, ne pensant qu'à cela qu'il pense, sans souci de gloire à faire étinceler, de biens à accroître, de puissance à étendre.

Sa condition l'exclut des règles d'une société, l'indifférence et parfois la réprobation pèsent sur lui. Sa culture n'est pas partagée, ses dieux sont honnis ou ignorés. Voilà qui sert admirablement le culte de la vie intérieure. Loin des compromissions, il ne rend de comptes qu'à sa conscience. C'est le fondement de l'honnêteté.

Mais nous ne connaissons plus les vertus attachées à cette disgrâce. Loin de tirer parti du regard perçant ou persan[1] de l'étranger, nous le traitons comme un homme qui n'est pas au fait, inapte à saisir nos finesses. Près de cinq millions nous côtoient, mais nous ignorons délibérément ce prodigieux vivier d'idées et de différences. Ce ne sont pas des étrangers, à nos yeux, ce sont des immigrés ou des touristes, traduisez : des imbéciles désargentés ou des imbéciles cousus d'or. Ainsi compris, ils ne nous fascinent par aucun trait particulier. Et nous passons.

C'est mal juger. Les tyrannies modernes sur ce point nous en remontrent. Si obtuses soient-elles,

---

1. C'est en faisant parler des Persans dans sa fiction romanesque des *Lettres persanes,* que Montesquieu montra aux Français leur pays, comme eux-mêmes auraient regardé la Perse.

elles reconnaissent, finement, le talent de l'étranger et à leur manière, c'est-à-dire en le persécutant, lui rendent hommage. Il court sous la stupide brimade je ne sais quel frisson et juste intuition sortis de l'Évangile : l'étranger est l'homme de la vérité ! Car la vérité est toujours d'ailleurs !

Le voyageur, en ces pays, est soumis aux sollicitudes de la police, qui semble redouter en lui un jugement plus aigu que chez l'indigène. On l'enrôle dans des groupes, l'héberge dans des hôtels spéciaux, l'astreint à un programme minutieusement défini à l'avance, qui lui évite le contact avec les foules. Il verrait et parlerait juste ? Sans doute, et ainsi marque-t-on son respect à ce monsieur trop instruit…

L'étranger est un prophète. Le prophète est un étranger. Fort bien vu. Et il y a de la subversion là-dedans.

Car c'est un redoutable privilège que de regarder du dehors une société et comme pour la première fois. Le regard n'est émoussé ni par l'habitude ni par l'intérêt, ni par l'assurance d'appartenir au meilleur des peuples. L'étranger capte les mœurs d'une nation par éternelle et dissonante comparaison. Il a d'autres références. Il sait que ce qu'il voit pourrait ne pas être ou être différent. Déchues de leur absolu, les mœurs qu'il observe entament le respect qu'on leur accordait sans y penser. Elles ont cessé d'être le modèle unique et à celui qui vient de loin ou fait semblant (car on peut se rendre étranger par le cœur et tenace discipline de l'esprit), elles entrouvrent les côtés fantaisistes, arbitraires, parfois ridicules, voire odieux que l'indigène ne perçoit pas, y baignant depuis l'enfance.

Qui dénonce, affaiblit, note Roger Caillois. La cohésion d'une société tiendrait-elle à une certaine ignorance d'elle-même ? Je ne suis pas sûre, comme Caillois, que la vérité menace de décomposition indifféremment tous les régimes. Le risque est réel pour les systèmes abusifs, où une oligarchie profiteuse tient à dissimuler le plus longtemps possible ses cruautés sous des noms vertueux. Mais la franchise, dans un État plus démocratique, n'ébranle ni la liberté, dont elle est elle-même un des effets, ni la justice. Elle se bat plutôt contre ce qui ruine l'une ou l'autre. Car nulle démocratie ne peut jurer qu'elle ne sombrera pas dans la tyrannie. La parole que profère le témoin à distance, étranger de corps ou de conviction, est son garde-fou. En fustigeant la corruption dès qu'elle germe, la suffisance, les modes dérisoires, les lâchetés de nos sociétés et la tranquille philosophie qui nous accommode aux plus criantes inégalités, il protège le jeu démocratique.

Et cet homme basané que nous côtoyons dans le métro, nous avons au moins trois raisons de respecter son jugement : il est exclu de nos privilèges, il regarde du dehors nos usages, il est instruit d'une culture différente, et sans doute d'égale valeur. Et s'il était notre prophète ?

(Décembre 1982.)

9

L'enfant dans la ville

Huit ou neuf ans. À sa robe elle a accroché une ceinture en feuilles de platane et sa tête s'orne d'une longue coiffe de rubans et de banderoles. Ainsi accoutrée, elle va parmi l'implacable géométrie de la rue. Qu'y a-t-il sous ce front, quelles mains ont décidé ce mariage de la feuille d'automne et de la pauvreté ? Son pas d'oiseau sautille dans le jour. Petite apparition dansante, qui, naïvement, expose les songes éclos du matin à l'indifférence du béton et aux dures verticales de la ville. D'où lui vient ce pouvoir de rêver hors de soi et de transfigurer, en ce tremblement de feuilles, l'âme mécanique des cités ? Les voix farouches du quartier, les grondements qu'émet l'activité des hommes baissent le ton devant le bonjour chuchoté de la poésie. L'asphalte, habitué au martèlement des pas utiles, a peut-être perçu le songe qui l'effleure. L'enfant passe, seule, avec sa traîne verte, et le vent la soulève presque par ses fils et ses rubans. L'innocence parle à la vulgarité, le rayon à la boue, la grâce à la misérable fixité des pierres.

Elle est tragique, cette enfantine solitude que menacent l'austère organisation de la cité et la suite des jours monotones. Mais, elle, affranchie, rebelle à la sévérité de la rue, sculpte dans la rumeur industrieuse sa chanson de plumes et de vent.

Dès qu'il naît, l'enfant se sacre roi. Non par vanité, mais parce qu'il voit ce qu'il voit, de ce premier regard bientôt aboli, et remplacé par les yeux de faïence : à lui le ciel en coupole, l'hommage cérémonieux des basses branches, la merveilleuse obéissance des choses entre ses mains. A-t-on remarqué que l'enfant ne se met jamais à la portée de l'adulte ? Il lui ouvre grandes les portes de son royaume, mais il se garde d'en sortir lui-même. Qu'irait-il faire dehors, chez vos phrases interminables, vos gestes efficaces, votre inattention de plomb ?

Ou vous n'entendez pas l'invitation, et l'enfant, assombri, se tait, comme la forêt avant l'orage, ou vous avez compris, et vous êtes admis au colloque des bêtes qui parlent et la ville redevient un bois sacré, comme jadis, et je ne vous dis pas ce que vous verrez quand votre hôte, d'un doigt délicat, aura déchiré pour vous le tissu de la nuit.

Dieux ! Qu'elle habite loin de nous, la petite qui va par la ville, hardie et mortelle, entre les façades grises ! Elle ne sait pas que le monde autour d'elle lui ressemble assez peu. Et la précarité de ses songes, elle l'ignore aussi. Elle s'éloigne, l'enfant vêtue de ses vérités, l'enfant couronnée par les fées. Les murs derrière elle se referment, étroits comme ils l'étaient, les passants ont des airs affairés, les bruits des moteurs ont dévoré la chanson. Et là-haut, qui sait ? un pan de ciel bleu se souvient d'un rêve étrange.

(Mars 1983.)

10

Sur le pacifisme

Que le pacifisme fasse le jeu des violents et ressemble à une capitulation est, hélas, fort vraisemblable. L'expérience devrait instruire : un État hérissé d'armes et d'ambitions ne se laisse pas radoucir par des populations désarmées, par des individus pacifiques ni même pacifistes.

Mais sous le naïf calcul politique, le mouvement signifie pourtant quelque chose, qui mérite le sérieux. Pour la première fois dans l'Histoire, on a vu des foules se lever et acclamer, non pas un leader, un parti, une croyance frénétique, mais l'idée de la paix ! Elles ont compris quel était l'enjeu essentiel et l'ont fait accéder, plus que la liberté ou la justice, rêves pourtant chers, à la dignité d'un problème philosophique. Les hommes qui l'exigent, et à n'importe quel prix, sont la postérité d'Hiroshima ; ils sont las de tant de conflits qu'ils savent aujourd'hui destinés plus à exterminer qu'à vaincre ; ils redoutent que d'ajouter un zéro aux 60 millions de morts de la dernière guerre ne soit, aux yeux de certains gouvernements, qu'un détail forcément abstrait. Ils voient bien que la paix, appelée équilibre de la terreur, et opposant une mort à une autre mort, est elle-même une façon de guerre, à peine inhibée.

Ils sont cette conscience effarée qui caractérisera sans doute la sensibilité future : que l'homme est un damné de la guerre ; et ils lèvent une nouvelle valeur par-dessus toutes les autres : la fraternité, volontaire et obligée. Ils n'attendent plus de la raison, de la justice, de la liberté, qu'elles portent leurs fruits de concorde. Ils sont prêts à jeter par-dessus bord la cargaison des croyances, des idéologies, des utopies qui ont fait couler trop de sang. Qu'on leur rende au moins cette justice : le dégoût de vivre, la philosophie de l'absurde, la quête éplorée du sens, ils les laissent à ces âmes de luxe qui dans leur société d'abondance ont eu loisir de choyer leurs douleurs métaphysiques. Eux sont pris par l'urgence : question de vie ou de mort. Et quelle mort ! Le monde qu'ils habitent est celui où désormais « tout est possible », même l'impensable qui harcèle leurs pensées.

Aussi demandent-ils très peu : ne nous donner ni la fortune ni un royaume, ne combler aucun de nos rêves. Seulement ceci : que la violence cesse. Nous nous chargeons du reste. Dans leur crainte que le monde ne finisse dans un gigantesque bris de verre, ils abdiquent tous les désirs humains, sauf un : celui de garder un corps vivant.

Avec un corps vivant, que ne ferons-nous pas ? se reprennent-ils à espérer, par-delà leur désespoir. Nous saurons bien rendre une âme à ce qui n'en a pas. Même en Sibérie, nous cultiverons les vertus de justice, de liberté et d'imagination, au moins dans nos cœurs, et nous essaierons de convertir le cynisme aveugle de nos tyrans.

Ce que valent ces sobres et folles espérances, je ne sais. Mais notre siècle finira peut-être sur cette immense sincérité, ce cri innocent et juvénile poussé devant la radicalité du destin. Et il y a là arc-boutés au désespoir les germes d'une étrange et pathétique foi.

(Décembre 1983.)

11

La lecture infinie

Celui qui lit de fort près l'Évangile, l'étudie dans le grec d'origine, compare les diverses leçons des manuscrits, scrute à la loupe le plus infime détail voit bien vite s'effriter les pompeuses religions dont des siècles de piété ont patiné ces textes. Des couleurs fraîches lui sautent aux yeux, les personnages se mettent à vivre, pas du tout sacrés, au contraire, admirablement communs, des gens comme vous et moi. On jurerait que l'on entend les éclats de voix, que l'on connaît Pierre à ses gestes emportés et Jean à ses beaux et lents regards. La vie devient foisonnante, mêlant la drôlerie à la gravité, l'imprévu à l'inéluctable, le sacré à une brise légère. Ce n'est plus une lecture, ce sont des rencontres.

Que mes yeux s'attardent à présent sur les fresques de Giotto, et voilà que succèdent à cette vivante assemblée les formes candides et solennelles du grand peintre florentin. Nouvelle connaissance de l'Évangile, qui se pare désormais des robes rouges, orange et bleues des disciples, tandis que Jésus prend ses longs yeux noyés de douleur, et que ses gestes s'éternisent aux portes de la Passion.

Et maintenant j'écoute la liturgie bénédictine des moines de Wavreumont en Belgique. L'anecdote s'évanouit, les images s'envolent. L'Évangile s'élève au-dessus de son propre récit et s'amalgame au chant des voix attentives. Emportée dans tant de blancheur et de nudité, l'âme se hisse d'un coup à la simplicité de Dieu. Les textes, tantôt analysés ou peints, se sont dépouillés de leurs mots, ils tendent vers une invocation unique, dont on ne saurait dire si elle est certitude de foi, dans sa marche divine vers l'indicible, ou si elle s'en va, sur des chemins de pitié, vers la destinée morne des gens.

Choisir ? Jamais de la vie ! Tout est vrai. L'Évangile est une éternelle source d'intelligence et d'amour. Dans ce livre patiemment feuilleté chaque regard fait chaque page nouvelle. Luc, Matthieu, Marc et Jean n'y sont jamais tout à fait les mêmes. L'interprétation reste ouverte. Elle féconde indéfiniment des images, des idées, d'autres prophéties. Les tableaux de Rembrandt, les cantates de Bach, la liturgie des pères bénédictins attestent le caractère inépuisable des textes saints, ce pain consommé, jamais consumé dont parle Augustin. Chacun m'apprend une partie qui m'était demeurée cachée. L'Évangile n'en finit pas de s'écrire, ni le lecteur de s'étonner.

(Mars 1984.)

12

Au commencement, l'Amour

Ce n'est pas l'obsession de nos péchés qui nous rapproche de Dieu, mais la conscience de notre dignité inséparable de son éternel amour. Dans son livre *Libre réponse à un scandale*[1], que vient de couronner le prix des Écrivains croyants, le P. Martelet donne un magistral appui à une confiance trop assoupie dans le cœur des chrétiens. Il déclare impossible que la mort biologique résulte du péché d'origine encore que celui-ci confesse avec force les effets souvent mortels des fautes humaines.

Mais dans le grand mystère métaphysique qui s'interroge sur la présence du mal et du malheur

1. G. Martelet, *Libre réponse à un scandale,* Cerf.

dans le monde, le jésuite prend parti. Il ne consent pas, comme l'a fait une théologie commune, à accuser l'homme pour excuser Dieu.

Qui ne le suivrait ? La mort n'a pas attendu le pécheur pour apparaître, des milliards d'années avant lui. Faire d'elle non pas un dessein premier, mais la conséquence d'un châtiment, ne rend pas la face de Dieu moins terrible, et pourquoi ne demanderait-on pas compte au Créateur lui-même d'une si imparfaite créature ? Qui, surtout, accepte aujourd'hui que l'incarnation soit l'expiation par un sang innocent, commandée par un juge qui ne ferait qu'à ce prix la paix avec les hommes ?

Paléontologue de formation, l'auteur se penche sur l'homme originel : il n'y trouve pas le péché – sauf ce « raté d'enfance » dont parle saint Irénée –, ni la punition qui entraverait la créature. Il voit plutôt celle-ci grandir au cours d'une odyssée de deux millions d'années, se mettre debout, inventer l'outil, le langage, la sépulture, s'élever à l'intelligence des signes, pressentir quelque transcendance. Il se rend attentif à cet homme, infime reflet de Dieu, encore faillible, interminablement enfantin. Il en considère les humbles commencements qui occupent cependant la quasi-totalité de notre présence au monde : ils sont jalonnés d'échecs, de stagnation et d'efforts, mais ni leur lenteur ni leur passage ténébreux ne dissimulent les tâtonnements de l'esprit et sa montée irrépressible.

Le P. Martelet a le courage d'affronter sa foi à la science et il nous dispense de leur ordinaire pugilat. Car, ainsi, la science éclaire la foi, en la posant sur le socle de la réalité et non sur le sable de la croyance et en lui communiquant l'ample vision qui n'appartient plus qu'à elle depuis que les pères grecs se sont tus et qui entrouve l'immensité de l'univers dans ses abîmes d'espace et de durée.

Mais la foi éclaire la science en osant lire dans ce long mûrissement la marche silencieusement ascendante de l'homme. Le dessein de Dieu, toujours là, se déchiffre : d'abord dans la modeste évolution, puis dans l'incarnation, enfin dans la divinisation future. Dans cette patiente histoire, les plus belles pages sont celles que le P. Martelet consacre au Christ : l'incarnation ne fait pas simplement œuvre de rédemption ; Jésus vient en « Sauveur », au grand sens oublié que lui donnaient les textes primitifs, pour consoler notre finitude en la portant avec nous, pour transfigurer de sa grâce notre condition charnelle et pour nous donner de nous voir comme lui-même nous a vus, avec un visage qui devient la forme humaine de l'absolu.

Tout le livre célèbre la parole de saint Jean : « Il nous a aimés le premier. » En le refermant, c'est moins au péché que l'on pense qu'à l'amour originel.

(Avril 1984.)

13

Commémoration

Ceux qui ont émis leur refus d'associer Helmut Kohl aux cérémonies anniversaires du débarquement, malgré ses demandes, commettent une triple faute. Envers les Allemands d'abord : s'ils les écartent, c'est qu'ils les tiennent toujours pour leurs ennemis, ou du moins il faut que ce jour-là ils soient à nouveau les barbares qui étendent sur le monde « l'empire de mille ans ». Or, l'Allemagne est-elle aujourd'hui nazie ? Les résidus d'extrême-droite qui sévissent sur son territoire sont, à tout prendre, moins menaçants que chez nous les nôtres. Et si à présent l'Allemagne intrigue, c'est pour la mutation étonnante de son opinion publique et les mouvements pacifistes d'un peuple repenti et désarmé. En quarante ans, qui a conduit des politiques impérialistes, soutenu des dictatures sauvages, entretenu des guerres coloniales et admis la torture ? L'Allemagne ?

Faute aussi envers nous-mêmes, et envers les héros qui tombèrent sur les plages d'Arromanches. Ils se sont fait tuer pour abolir un régime, non pour exterminer un peuple. Leurs sacrifices ont aidé l'Europe, et au premier chef l'Allemagne, à se délivrer du fascisme qui couvrait alors l'Occident, et qui ajoutait à la guerre les atrocités de discordes civiles. En évinçant le représentant d'une nation qui a donné des marques de repentir visible et durable, c'est-à-dire en accusant toujours un peuple vivant derrière un régime mort, la cérémonie du 6 juin insultera ses propres héros : ils ne se sont pas battus pour figer l'histoire sur cette calamité, ni dans la haine ; ils défendaient simplement la liberté. La cérémonie qui est, malgré son sérieux, de la parade osera-t-elle trahir l'effort réel et le sang de ces hommes ?

Enfin, quel devrait être le sens d'une commémoration ? Commémorer signifie se souvenir ensemble. La mémoire qui rétablit pour un jour les antagonismes de la guerre se trompe sur elle-même, cessant d'être un rite de la paix, où les belligérants se réunissent dans la même cérémonie de deuil et de pénitence, vainqueurs et vaincus, acteurs et assaillis, et à plus forte raison leurs enfants qui furent tous, quel que soit le côté du Rhin où ils sont nés, les victimes de la monstrueuse équipée d'Hitler.

Une commémoration ne sert pas la gloire du combat si elle ne poursuit, par ses rites et son émotion, le sens de ce combat. Elle doit rassembler tous les hommes de bonne volonté, comme dit admirablement une vieille traduction de l'Évangile, dans l'amour de la paix, dans la commune dénonciation de l'absurdité meurtrière, et la résolution unanime de défendre les valeurs contre ce qui aujourd'hui les menace et qui ne vient pas précisément de Bonn. La commémoration du débarquement tire son sens d'une espérance enfin partagée et du témoignage que la conscience européenne, matériellement fragile, est au moins forte de ses convictions libres.

(Juin 1984.)

14

Le prix d'un soupir

Un mathématicien soviétique nommé Yossif Begun avait été condamné le 14 octobre 1983 à sept ans de camp, suivis de cinq ans de relégation. On lui reprochait d'enseigner l'hébreu à ses coreligionnaires juifs.

Il purgeait sa peine au camp de Perm quand on a appris qu'il avait été transféré voici plusieurs mois dans le cachot de la prison. Dans ce nouveau cercle de l'enfer, les relations avec le monde extérieur sont coupées, l'alimentation réduite au minimum vital, l'exercice physique limité à quelques minutes, sans parler des autres brimades.

Qu'a donc fait, à l'intérieur du camp, Yossif Begun ? A-t-il frappé l'un de ses gardiens, molesté un camarade ? Non pas, cherchez un plus grand délit.

S'est-il hasardé à critiquer le système qui veille si attentivement à la correction fraternelle ? Pas du tout, je vous dis de nommer un crime affreux.

Aurait-il (et la voix s'altère en suggérant une pareille horreur), aurait-il récité des versets bibliques ? Vraiment, vous n'y êtes pas.

Alors, je donne ma langue au chat. Je ne vois pas de crime plus pernicieux que cette mise en péril de tout l'appareil bureaucratique et militaire par des bribes du livre de Job ou de la Sagesse. Je n'imagine rien de plus grossier dans l'ordre de la conversation. Qu'a-t-il donc fait, cet endurci ?

Ne le répétez pas. Il a osé, oui, il a osé rappeler à quelques camarades de détention, un beau soir de mai, que le lendemain était le jour commémoratif des victimes de l'holocauste, où six millions de juifs furent massacrés par les nazis.

Il savait de quoi il parlait : sa famille à lui gît dans une fosse commune, près de Minsk.

Mesurez-vous combien l'individu est dangereux ? Il faut dénoncer les crimes nazis, mais pas ceux commis envers les juifs. Cela nuit à la volonté profonde du régime. Les juifs, c'est simple, il ne faut pas en parler. Ils ne doivent pas peser sur le sol russe. On veille à leur légèreté : ils n'ont droit ni à leur religion, ni à leur culture, ni aux succès, puisqu'ils sont exclus de l'instruction supérieure, ni au bonheur, puisque réduits à la pauvreté, ni au malheur, puisqu'on leur interdit le souvenir et sa dignité silencieuse. La mémoire du génocide dérange le programme de l'oppression absolue.

Par le corps et les actes, ils sont enchaînés à l'État. Mais « tout le cœur, toute l'âme, toute la force » que leur religion vouait à Dieu sont aujourd'hui décrétés biens du parti, très jaloux, ma foi, de ces choses invisibles qu'il ne cesse de bafouer.

Le Christ, cependant, rappelait utilement les limites des tyrans : ils peuvent vous tuer, mais pas plus. « Tout votre cœur, votre âme et votre force » sont à votre Dieu et votre Dieu est toute votre âme, votre cœur et votre force. Battre, mettre à mort, c'est vraiment facile. Ôter le Dieu chevillé à une âme forte, non, n'espérez pas.

(Octobre 1984.)

15

An die Musik

Quoique d'institution laïque, la fête de la musique toujours gardera son caractère religieux. Et d'abord en ce qu'elle a ses infidèles, ceux qu'elle ennuie ou qui réprouvent la sorte de pouvoir discrétionnaire qu'elle exerce sur l'âme, y jetant les faveurs de ses songes. Mais qui a sur la musique les idées les plus vraies, le sourd que voilà ou celui qui se fait tout écoute jusqu'à en fermer ses yeux ?

Ses timbres et ses tons n'ont pas pris leur modèle dans la nature. La mélodie ne lui vient pas du rossignol, ni le rythme du cœur battant dont la monotonie n'a rien à voir avec les fantaisies savantes de la mesure. Et quand la musique se flatte d'évoquer un orage ou les murmures de la forêt, y parvient-elle vraiment sans l'appoint d'un titre explicite ?

Pourquoi cet art si éloigné de nos perceptions coutumières nous rejoint-il au point de se rendre consubstantiel à notre pensée ? Pourquoi son étrangeté coïncide-t-elle exactement avec notre intimité ? D'où vient ce pouvoir de nous intérioriser avec cette profondeur, loin du monde dont il sollicite pourtant la médiation complexe des partitions, des instruments et des interprètes ? À la différence de la littérature, la musique parle toutes les langues et nous conte notre propre histoire, sans nous infliger son roman particulier. À la différence des arts graphiques, elle s'incorpore au temps et s'enlace à notre conscience, qu'elle soulève, éblouit, amuse ou inquiète à sa guise. Non, jamais le silence ne nous avait appris sur nous ces vérités fabuleuses : rien de trop beau en nous, rien de trop grand ! Tel est le pouvoir des hautbois et des violons.

Les tâches ingrates où nous nous appliquons chaque jour avaient enseveli ce charme et ce vertige. Laissons Beethoven nous réciter notre vie qu'il révèle admirable, et confessons grâce à lui qu'exister est un chef-d'œuvre.

Alors peut-être, comme Goethe, aurons-nous envie d'implorer le temps : « Arrête-toi, tu es si beau ! » Mais la musique, éternelle allusion à la fuite des heures, n'arrête pas le temps. Elle joue au contraire du caractère mortel de ses successions. En riant, en pleurant, en dansant, en priant, elle accompagne le flot inexorable de ses métamorphoses et de notre finitude.

Seulement, au lieu de crier, elle chante. Signe d'une autre victoire. Je continue de mourir, mais je recueille la suprême offrande de la beauté : et pour qui l'a goûtée, qu'importe la mort ?

La musique est religion. Elle nous élève au-dessus de nous-mêmes jusqu'au ciel étoilé de la foi. Nous vivions peu, nous croyions peu, non pas faute de raisons ou d'envie, mais faute de grandeur. Il nous manquait l'audace de l'architecte. Nous avions bricolé une étroite chapelle, indigne de l'infini qu'à notre insu nous portons. Bach brave ces pusillanimités. Il déploie la longueur et la largeur, la profondeur et la hauteur. Librement s'élancent les arcs et les colonnes de nos attentes enfin révélées. Nous voilà cathédrales.

« Qu'il entre, le roi de gloire. » Tel est le pouvoir des hautbois et des violons.

(Juin 1985.)

16

Chair de poule

Il naquit en 2010 dans l'hôpital parisien où il était demeuré cinq ans dans un congélateur, à l'état d'embryon : ses parents, des gens méthodiques, l'avaient conçu, puis avaient demandé ce délai pour vérifier qu'ils formaient un couple solide, capable d'élever un fils.

Sa longue gestation ne nuisit pas à son développement. Le garçon, fort doué, excella dans les études scientifiques. Certes, on pouvait remarquer en lui une certaine froideur de manières, mais n'était-ce pas l'effet de l'abstraction imposée par ses études mathématiques ? Une fois diplômé, il fut embauché comme ingénieur dans une firme de cryogénie, où il fit une brillante carrière.

Il hésita avant de se marier. Son humour glacial lui réussissait mal dans les salons ; ses maladresses jetaient un froid et lui valaient l'hostilité des mères. Et puis il hésitait : on était en pleine guerre froide et le glacis socialiste s'étendait à présent jusqu'à la frontière suisse. Était-ce opportun de mettre des enfants au monde quand, tous les matins, d'inquiétantes nouvelles faisaient frissonner les peuples ?

Cependant, à la longue, fatigué des plats surgelés qui composaient son ordinaire, il prit femme. La jeune personne était charmante, mais en bonne féministe, elle ne professait envers la gent masculine qu'une admiration des plus tempérées. Elle se révéla frigide. Il comprit les deux sens affectés au mot de « bise » et essaya de s'accommoder de la circonstance ; cependant, à l'âge du démon de midi, il devint amateur de chair fraîche et compensa agréablement ses frustrations.

En cette époque où l'on guérissait presque toutes les maladies sauf les bénignes, il mourut d'un simple refroidissement. « Me voilà frais », murmura-t-il simplement quand le médecin lui eut confirmé le diagnostic de rhinite.

Sa famille procéda aux cérémonies d'usage. Après la brève liturgie adaptée à ce nouveau type de congé mortuaire et qui commençait par quelques versets tirés du livre de Daniel :

« Ô vous, gel et froidure, bénissez le Seigneur !
Ô vous, glaces et neige, bénissez le Seigneur ! »,

on le plaça, comme c'était alors l'habitude, dans la cuve municipale remplie d'azote liquide à –196 °C. Il y avait longtemps que plus personne ne croyait à la résurrection, au jugement dernier et surtout aux flammes éternelles. Mais les temps étaient proches où les fils des hommes pourraient délivrer des congélateurs le nombreux peuple des vieillards à qui revenait le droit à une seconde et non moins délicieuse vieillesse.

Fallait-il le tenir pour mort ou pour vif ? Médecins et démographes nageaient en pleine confusion : nul ne savait s'il fallait inclure dans la population mondiale les millions d'embryons qui attendaient leur tour et les millions de vieillards qui attendaient leur retour. Finalement, la notion de vie et de mort fut abolie, trop floue, et remplacée par celle de *minimum thermique*. Seuls furent recensés et pourvus du droit de vote les citoyens dont la température s'élevait au-dessus de 36 °C.

(Novembre 1984.)

17

Là-bas, au Sud

La maison, là-bas, expose au soleil un pignon qu'entaillent les deux rectangles d'une fenêtre et d'une porte. Juste ce qui suffit à un sage pour faire à l'aurore les salutations d'usage. À côté, la flamme dure d'un cyprès monte sa garde éternelle. Et derrière, la plaine hachurée de ceps s'enfuit jusqu'au trait où terre et ciel comparent la qualité de leur bleu. Mais vers l'ouest un peu de fantaisie s'en mêle. La terre se gonfle et ondule comme si elle essayait un pas de danse ; des rochers tout blancs s'en vont en titubant vers la rivière à sec, et des buissons de lentisques broutent en bandes dispersées sur le flanc des collines.

Tout est clair, tout est juste, tout fait oublier la ville revêche et infatuée, et l'histoire des hommes est remise au pas. Peu d'événements ont laissé leur trace sur le pays, qui n'a pas vraiment d'âge. Nuit et jour y respirent, témoins patients d'une longue suite d'hommes, où les fils se lèvent à la voix des pères et recommencent leurs gestes et leur modération.

La pensée, mise au large, réapprend l'exercice délectable de la sérénité. Ce qui fut, ce qui est, ce qui sera sont le même silence, la même pureté, le même émoi de feu.

Qui oserait encore gémir que brève est la vie ? Si la vie est brève, pauvre sot, il ne fallait pas la morceler en ces débris que tu appelles passé, présent, avenir. Car, forcément, ce découpage fait plus de brièveté encore et redouble tes plaintes : le passé est aboli, l'avenir encore dans les limbes, et le présent, une infime parcelle. Quand donc existons-nous ?

Mais en vain écouterait-on monter de cette terre une aussi triste philosophie. Lente est la vie, dit-elle au contraire ; et pour cause : ses couleurs profondes et la paix de ses collines illustrent l'admirable solidarité des jours et amarrent l'esprit à tous les temps réunis. Suis-je à l'époque du supersonique, sous l'empereur Auguste, ou à l'âge des pierres taillées ? Les siècles devant l'inexorable pureté du ciel se tiennent cois, avec leur numéro d'ordre, devenu parfaitement ridicule. L'instant règne seul sur son trône d'éternité.

(Juillet 1985.)

18

Plaisir du livre

Nous avons avec les livres des rapports presque confraternels. Car tous nous en écrivons au moins un, dans l'incessant babil qu'on appelle la conscience. Mais à notre narration floue, enchevêtrée, dépourvue non de suite mais de sens, s'oppose la biographie du livre, exemplaire par le tissé de ses intrigues, le bondissement de ses pensées inattendues, le vent fort qui pousse le récit à la fois vers son terme et son dévoilement.

Le livre s'introduit en nous sans malmener le règlement intérieur qui exige le silence, la continuité, l'intacte souveraineté de notre jugement, libre de louer ou de blâmer, de retrancher ou d'ajouter. Rien ne ressemble plus à un homme qui pense qu'un homme qui lit, et c'est raison, car alors il médite vraiment avec deux crânes, pensant selon un autre, d'après lui, peut-être contre lui, mais plus jamais sans lui. Quand nous ouvrons un livre, c'est plutôt le livre qui nous ouvre, et il ne nous refermera pas : à jamais nous sommes témoins des dernières fumées de Waterloo ou des échos de la Bouche d'Ombre.

Discret entrelacement. L'auteur qui dit « publier » se flatte. Il n'impose pas son personnage, comme à la télévision, il ne remplit pas une salle, comme un cinéaste. Soumis à l'objectivité du caractère imprimé, il cache même au lecteur le tremblé de son écriture, où se pressent tant d'aveux. Publier ? Tout au plus murmure-t-il son secret à un autre secret. Simple tête-à-tête. Le livre se dédie à un seul, et si nombreux soient les lecteurs, en ce singulier et tacite échange, ils ne font pas un public. Chacun reste l'unique.

Pourtant il est des livres terribles qui veulent de force enrôler les masses. Qu'ils ameutent à leur gré : ils ne peuvent faire qu'il n'y ait d'autres livres sur les rayons auxquels leur éloquence ne mettra pas le feu. Ce côtoiement remet au pas les prétentions des exaltés. Qui écrit doit se plier aux vertus républicaines du pluralisme. Cioran se lamente, sans émouvoir Diderot à ses côtés ; Voltaire et Rousseau s'entretuent chez eux, mais hors de leur empire cartonné, c'est fini, l'étagère les a réconciliés.

Est-ce cette raison qui fait des bibliothèques l'image d'une société idéale ? Les citoyens y sont connus par leur nom, et logés à bonne enseigne.

Ils nous invitent à franchir la porte d'un jardin délicieux. Il paraît bien un peu d'inégalité entre eux, parce que certains étalent de vastes façades, d'autres se rencognant sur peu de centimètres. Mais personne n'échappe à la règle de l'alignement de leur ordre, pourquoi ne pas dire leur unité, exaltant leur diversité et le caractère pacifique de leurs relations. Personne ne s'offusque des mariages forcés, des voisinages biscornus que leur réservent le rang alphabétique, le format ou le hasard. Chacun y est merveilleusement soi et, merveille plus grande, pas seulement soi : cette compagnie chatoyante et respectueuse nimbe le mot « culture » d'un air de liberté heureuse : l'esprit est invité au vagabondage, à une ébriété légère, en même temps que la vigilance silencieuse des livres le rappelle à une méditation dont ils lui ont élargi les horizons.

(Septembre 1985.)

19

L'école inégalitaire ?

Oui, sans doute, comme on le dit, l'école fabrique des inégalités. Mais comment ne pas nous méfier de ces jugements que raidit une logique sommaire quand nos souvenirs les nuancent et parfois les récusent ?

En surplomb sur les années, je revois ma classe, une guirlande de filles enjouées, qui se moquaient bien de la compétition : nulle n'y voyait, comme aujourd'hui, un couperet définitif. Nous avions en commun nos songes, la rive encore lointaine des amours et des maternités ; nous pensions peu à nos futurs métiers, sur lesquels nous nous trompions presque toutes, et, curieusement, par défaut. Nous ne prêtions pas attention à la fortune de nos parents, moins importante que le caquet du jour. Nous supposions que notre vie ne dépendait pas d'une profession, ni la profession d'un diplôme, ni le diplôme des notes de la semaine. Il n'y avait pas alors nécessité pour une femme de « s'épanouir » ; ce mot béat et rubicond ne faisait pas partie de notre vocabulaire. On veillait en ce temps-là aux tiges plus qu'aux fleurs : il fallait « croître », et aujourd'hui encore ce but me semble plus conforme au vœu profond de l'esprit que la soumission toute végétale où nous invite la doctrine de l'épanouissement. Et puis nous vivions chaque jour l'étincelant détail de la vie, et cela passait encore nos songes. Bref, toutes étions logées à peu près à même enseigne.

Trente ans ont passé. Où sont ces jeunes filles ? L'arbitrage social ne s'est pas fait selon le naïf pointillé que l'on prête au carnet de notes et au salaire paternel. Non, la vie a tranché autrement. Cette paisible classe d'un lycée provincial a fourni un lot respectable d'avocates, de médecins, d'universitaires, et même un ministre, sans qu'il y ait eu lutte au couteau pour « réussir » ni que les privilèges de naissance aient eu force de décret : l'un des médecins était l'enfant d'une femme de ménage, le ministre était une orpheline. Le mérite a joué, le hasard aussi, ou d'autres atouts que les scolaires : le charme, l'initiative, l'audace valent bien dans la vie le zéro faute en algèbre. Mais ce qui m'obsède surtout, c'est le lourd passage du temps et le massacre, sous sa roue, de la chair et des rêves. Le cancer ou le chauffard ont achevé, à leurs débuts, des carrières aussi éblouissantes que les études qui les avaient préparées. De fort jolies filles ont été délaissées par leur mari ; d'autres, toutes douceur, ont été maltraitées. La chétive a eu sept enfants ; la robuste, aucun.

Trente ans ont passé, et déjà deux mortes, des blessées, des endolories. Que racontez-vous avec votre école inégalitaire ? Regardez donc la vérité. Vous qui cherchez des coupables, vous ne trouverez, pour pétrir ces destins, que des irresponsables que vous ne saurez pas même nommer. Vos plans ne pèseront guère sur la marche farouche du temps ni vos systèmes sur les jeux d'un sort aveugle. Que vos discours, si souvent en porte-à-faux, perdent de leur componction et qu'au moins ils tâchent à ne pas nuire. Les matins sont toujours purs, et dans la cour des lycées des adolescents rient encore, avec leurs chansons simples, leurs attentes légères et le désir d'ils ne savent quoi. N'abîmons pas le printemps. Laissons-leur la merveilleuse égalité des rêves.

(Octobre 1985.)

20

Tolérance

Quand saint Jean dit que « nul n'a jamais vu Dieu » et que Jésus n'a « jamais parlé en secret », on croirait que son grand et beau texte prévoit les divisions futures de la foi et tente de les conjurer. Car les deux phrases expriment bien qu'aucune confession ne peut se flatter de tout savoir, puisqu'il demeure un invincible mystère, ni d'en savoir plus que les autres, puisque toutes ont entendu les paroles du Christ. Qui donc peut s'arroger l'autorité suprême devant l'Évangile ? Personne : ce caché et ce révélé les rendent toutes égales.

Les conflits que l'histoire a fait surgir ne devraient plus aujourd'hui nous faire oublier que nous sommes beaucoup plus rassemblés que divisés. Et à examiner ces divisions mêmes, comment ne pas voir que la corrélation des idées adverses, sous réserve d'un raisonnement bien ordonné, est une méthode utile au progrès de la pensée, et Platon déjà s'en louait, sous le nom de dialectique? La vérité a besoin de se blesser à d'autres vérités.

Ce n'est pas déprécier la valeur que nous accordons à notre foi que d'en reconnaître le caractère personnel. Il est évident que nous ne pouvons aimer la foi de l'autre comme la nôtre, puisque nous la connaissons peu, faute d'y être nés et de nous en être nourris.

Aussi n'est-ce pas une opération équitable que de comparer un culte que je connais par dense et douce expérience à un autre que j'ignore sauf en ses vagues épures. Devant une confession qui n'a pas été mon habitacle, je dois rester sur le seuil, avec une politesse d'hôte antique, je veux dire tenir mon jugement, dans toute la force du terme, en respect.

Les chrétiens cependant ont assez de sensibilité commune pour savoir que nul ne peut se flatter d'une supériorité qui lui serait propre sans être le pharisien qui rend fausse, rien que de la claironner, la justice dont il se réclame, et que seul le silence cultive.

Au mieux pouvons-nous dire: si je cherche la vérité, je ne la connais pas; si je la connais, je ne l'ai pas; si je l'ai, je ne la vis pas. J'invoque la vérité, et chaque fois la misère me répond. Dans ce désir jamais comblé, de quel avantage puis-je me prévaloir sur les autres?

Mais l'extrême pointe de la tolérance n'est pas dans cette humilité. Elle est dans le feu de la conviction. Il faut aimer sa religion pour estimer celle des autres. Un sceptique que sa tradition fait rire ne prendra pas au sérieux l'opinion étrangère à la sienne. Et pourquoi donc celui qui croit à l'excellence de sa foi ne dédaigne-t-il pas ceux qui ne partagent pas celle-ci ? Tout le pousse à ce dédain et pourtant tout l'en dissuade. Car sa foi lui enjoint d'aimer son prochain « comme soi-même » : cet amour est sa suprême vérité.

Ainsi la tolérance a frôlé l'intolérance avant de prendre son envol : plus ma conviction est forte, plus le prochain devient « comme moi-même ». Manquer à l'humanité, c'est mentir à la conviction. L'autre est le dogme de chair et de sang. En lui je vois le Christ. La vérité que je chéris me dit qu'il est la vérité. La supériorité que je prête à ma confession se prête d'elle-même à autrui. Tel est le paradoxe d'une vérité toute confondue à l'amour : la fidélité à une Église ouvre les portes de la plus vaste église qui est tous les autres.

(Décembre 1985.)

21

Hisser la voile !

Je me demande parfois si la poésie n'est pas d'abord une sublime faculté d'*indécision,* face à l'infinie richesse des mots et des pensées. Par paresse ou par crainte, la plupart des hommes, avant d'écrire ou réfléchir, se laissent d'emblée saisir à la gorge par une police d'idées et de paroles qui mettra bon ordre à cette profusion, et les voilà privés du double vertige qu'entraînaient les ressources illimitées du langage et le sentiment de leur propre immensité. Souvent, ils en sont conscients et se plaignent de l'appauvrissement que leur imposent la société ou les médias. À raison. Mais qui les empêche vraiment de tenir tête à ces maîtres de la banalité ? Ne sont-ils pas les premiers à froncer le sourcil lorsque chez un auteur ils ne retrouvent pas le comme-il-faut des doctrines et des vertus en vogue ni l'enchaînement inévitable des mêmes mots ? D'eux-mêmes ils se réfugient dans un moralisme étroit – étroit aussi celui qui milite contre le moralisme et nous remet, à quelques nuances près, dans des incantations semblables.

Nos têtes fonctionnent comme des réseaux électrifiés et l'on pense comme l'on prend le train, en empruntant les mêmes lignes et s'arrêtant aux mêmes gares. Ces sentiers battus nous éloignent du mystérieux voyageur que nous sommes pourtant au fond de nous-mêmes, étant nés libres.

Le poète, lui, ne voyage pas en train, au sens qu'il ne se laisse pas entraîner. Il affronte la haute mer où nulle route n'est tracée à l'avance. C'est à lui d'inventer son chemin. Et son petit voilier blanc s'abandonne à tous les balancements, consent à tous les détours. La brise le porte, et sur lui, évangéliquement, l'esprit souffle, où il veut.

La poésie, nous initiant à la liberté, nous initie aussi à la foi et nous procure le meilleur des exercices spirituels. Elle nous éloigne des voies ferrées des paroles toutes prêtes et hisse en nous la voile blanche pour un voyage aléatoire mais infiniment vrai. Ses dérives nous rendent le sentiment vertigineux que nous sommes bien plus que les quelques idées qui nous gouvernent et qu'en nous tout est merveilleusement possible. Nous le dit, parmi d'autres, ce chant dont l'étrangeté chante la nôtre, trop oubliée :

Quand tes yeux se perdent dans le sommeil
Comme au fond d'un puits les visages,
Il vient un songe avec ses paysages
Sur le dormeur de la nuit,
Et c'est dans un ciel noir fuyant ses étoiles
Une fenêtre à l'aurore
Avec une tête penchée de femme
Et qui demeure dans le songe d'une énigme [1].

(Février 1986.)

---

1. Georges Schehadé, *Le nageur d'un seul amour,* Gallimard.

22

La huitième chaîne

Il nous manque une chaîne, la huitième ; car je parie cher que les sept autres seront régies par les mêmes préjugés et se complairont aux mêmes méthodes. Je rêve d'une télévision qui ferait enfin droit à cette propriété de l'esprit qui est d'avancer toujours. Rien jusqu'ici ne répond à cette perfectibilité de l'homme : l'idée est plutôt de prendre le client « comme il est » ou comme on dit qu'il est, ou comme on veut qu'il soit.

J'imagine une chaîne qui romprait avec cette vision servile. Au grand sens du mot, elle informerait d'abord. Par exemple de la science, objet d'une étrange censure. Des spécialistes nous emporteraient vers le creux intime de la nature, les quarks ou les molécules de la vie, et ils nous ouvriraient à la grande rumeur des étoiles. Ainsi saurions-nous où va une partie de nos impôts et serions-nous associés au prodigieux vagabondage du génie humain. L'amour, la guerre, les fâcheries des politiques sont des histoires anciennes. La science représente une aventure absolue et unique, le seul phénomène non répétitif de l'histoire ; il serait bon que nous en sachions quelque chose.

La huitième chaîne nous aiderait aussi à nous connaître les uns les autres. On n'y parlerait de la « société » que pour la honnir, celle-ci devant sa réputation à l'ignorance que l'on en a et à l'esprit de caste qui survit en chacun de nous. Mais si la caméra nous faisait visiter les hommes et leurs travaux ; si elle nous montrait un menuisier à son établi, un grutier qui, dans sa cage de verre, n'a pas le droit de relâcher son attention, un typographe ou un cantonnier, nous apprendrions que ce peuple, obligé de penser avec précision, conscience et ténacité, juge bien et nourrit des pensées positives, modérées, celles-là même dont l'instruit la matière qu'il traite.

Enfin, ceux qui guident les hommes, par la pensée ou le pouvoir, seraient interdits de débattre entre eux, parce que le bien public y passe derrière le souci de vaincre, que l'emporte le plus expert, non à raisonner, mais à planter ses banderilles, et que se donnent enfin au public de fort tristes leçons de courtoisie et d'intelligence. Cette chaîne laisserait son homme, qu'il ait métier de gouverner ou de philosopher, parler seul, et le temps qu'il lui faut. La pensée s'élabore dans le recueillement et l'austérité ; elle n'a que faire des passions entrecroisées de l'ambition et de la haine. On objectera ceci, qui est un dogme : le public est incapable d'une longue attention. Cela devient vrai à force d'y croire et d'imposer les changements à vue et ce que Valéry appelait les « valeurs de choc ». On fabrique ainsi des têtes instables, impatientes, gobant tout ce qui brille.

Quelle aberration ! Comme si la plupart d'entre nous n'étaient requis par leur métier, leur vie privée et leur nature propre à cette patience de l'esprit dont on les prétend infirmes ! Il me souvient d'un berger qui, au flanc de ses montagnes, disait : « Je pense toujours. »

Pourquoi une chaîne de télévision n'honorerait-elle pas la pensée du berger ?

(Mars 1986.)

23

Pour Isabelle et André

C'était à la fin d'une conférence publique, où quelques grands de la médecine avaient débattu de la mort. Les échanges, tantôt guindés, tantôt hargneux, m'avaient laissé des impressions sans consistance. Je quittai la tribune, pressée de retrouver un rapport plus loyal à la réalité. L'occasion ne tarda pas : un couple m'accosta ; il voulait simplement me dire qu'il venait de perdre son fils.

Les lampes du théâtre s'éteignaient. Enfin la vérité parlait. Car il n'y a pas de fraude chez ceux qui souffrent. J'en sais qui se révoltent, qui doutent, qui se replient sur eux-mêmes, d'autres qui parlent, et certains jamais. Mais aucun ne ment. Ils sont entrés par le porche d'une telle épreuve, la mort d'un enfant, dans un pays où un soleil toujours couchant agrandit impitoyablement les ombres. Que feraient-ils des mirages et de la vanité ? Chaque matin, qui est pour d'autres l'orée de « toutes choses possibles », sonne pour eux la certitude sans égards, que la nuit parfois enrobe dans ses songes : « Il n'est plus là. » Oui, tous les matins, cette sentence et ce cilice.

Garés des vulgarités de la réussite, adoucis par leur patience, ils n'appartiendront jamais à la race des seigneurs qui tiennent en mains les rênes de la vie et, du haut de leurs chevaux, toisent un monde qu'ils s'autorisent à contredire, juger ou condamner. Leur enfant perdu leur a fait mettre pied au sol, et les tire de sa main délicate dans cette cathédrale immense que l'épreuve leur a sculptée. Ceux-là mêmes qui se disent incroyants hantent la nef de leur douleur, et n'ont que des rapports vrais avec eux-mêmes, et donc avec tout le reste. Je prête une entière lucidité à une conscience blessée, pour qui la souffrance du monde a le visage de leur enfant ; elle sait que la seule attitude raisonnable devant tout être et toute chose devrait être d'amour et de compassion.

Cette faculté nouvelle qui leur est donnée d'entendre battre le cœur de tout ce qui est met tout près de Dieu ceux-là mêmes qui n'y songent plus : cette mère au visage de madone, qui laisse paraître son pudique désespoir, c'est Marie, la seule femme de l'Évangile que le Christ n'a pas exaucée ; il savait que l'obscure douleur du Vendredi saint était aussi l'aurore d'un amour jamais défait, jamais las, et qui chante encore la vie.

Car il n'est pas vrai qu'au Golgotha la mort ait le dernier mot. « L'enfant dort », dit Jésus devant le corps d'une fillette.

Il est mort, dites-vous ? Non, il dort. Il ne dort pas seulement, il veille sur ceux à qui il a dû d'exister et que maintenant il fait vivre d'une vie plus vraie, parce que soustraite à la diversion, et tout entière engagée dans la sainteté du souvenir. C'est l'enfant désormais qui les grandit, les ordonne, les initie à toujours plus de profondeur et de compréhension.

Les premiers chrétiens ne jugeaient pas faux quand ils disaient de l'enfant mort qu'il était devenu un ange. Il demeure en eux, et eux en lui. Il leur ressemblait sans doute, et maintenant c'est eux qui ressemblent à sa muette et puissante innocence.

Dépendance navrante, et cependant libératrice : si tout existe à nos dépens, tout aussi dépend de nous. Douleur prêche douceur. Et je n'en connais pas qui ne soit ennobli par ce silencieux langage, conduit par ce souffle, accompagné par cette présence qui fait d'eux, sans qu'ils le sachent, les témoins d'une plus haute humanité.

(Avril 1986.)

24

Le menuisier de 1789

Au Centre de La Briantais, près de Saint-Malo, une des chambres d'hôtes s'enorgueillit d'une armoire en merisier, dont l'œil se laisse malaisément distraire. Des pieds à la corniche, tout est ornement. Figures, volutes, entailles, frises, stries, l'artisan s'en est donné, à perdre le souffle, et n'a presque rien laissé du bois lisse. Sur le montant central, il a signé : « Fait par moi, Charles Croisic, ceu 23 juin 1789. » À croire que la faute d'orthographe est là pour le plaisir de graver une lettre de plus.

Menuisier, et sûrement philosophe. L'Europe est en convulsions, il ne lâche ni l'empenoir ni la doucine. La monarchie se fracasse, Barnave tonitrue à la tribune de la Constituante ; lui sculpte, méticuleusement. Il est menuisier à Saint-Malo : 1789, qu'on le sache, n'appartient pas aux seuls hommes d'État. Beaucoup ne se laissent pas déranger dans leurs occupations coutumières. Que les événements les frôlent, ou les serrent de près, ce n'est pas une raison pour quitter la glèbe et l'établi.

Cela fait plaisir d'apprendre que les passions politiques s'arrêtent devant l'invariable réalité des choses, le bois qui résiste, l'outil que conduit la main. Forte leçon : les métiers que règlent les traditions, les objets, les instruments, la volonté têtue ne sont pas troublés dans leur nécessité.

« Fait par moi, Charles Croisic. » Naïve ostentation. N'en rions pas. Elle est révolutionnaire. Croisic défie le roi et son pouvoir centralisateur, et dédaigne la montée du tiers état s'il ne doit pas faire droit à l'âme individuelle. Lui, Charles Croisic, proclame la fière indépendance du moi ; il règne sur son court et profond royaume, et malgré la bourrasque, empoigne l'outil, travaille, achève et signe : il reste lui. Charles Croisic, dans la chambre n° 1 de La Briantais, tire la langue à Louis XVI comme à Robespierre. Il rayonne plus qu'eux.

« Fait par moi. » Qu'a-t-il fait ? Robespierre a fait la Révolution, Croisic son armoire. Je crois que le menuisier en remontre au révolutionnaire. Regardez-moi, dit-il, dedans mon œuvre. J'ai été l'apprenti d'un maître ; j'ai acquis mon métier par imitation. Mes pensées se sont réglées sur d'immuables outils. Eh bien, j'ai néanmoins inventé. Mes ornements ne sont plus ceux que l'on m'a appris. Moi, ignorant jusqu'à l'orthographe, j'ai honoré les métamorphoses subtiles du génie humain. J'ai cru redire ce que l'on m'avait dit ; non, j'ai dit ce qui n'avait jamais été dit encore. C'est bien du « fait par moi ».

L'art évolue sans crier ni faire couler le sang. L'humilité, la patience, et même l'intention de ne rien changer suffisent. Servant la tradition, j'innove et insuffle à mon temps les formes inimitables où vous le reconnaissez. Moi aussi je fais l'histoire : mon armoire en est un fragment, non moins significatif dans sa gloire que les barricades de Paris. Mais ma révolution ne fait tomber autour de moi que des copeaux. Elle est créatrice, sans déchaînement et sans haine. Fait par moi, Charles Croisic, ceu 23 juin 1789.

(Juin 1986.)

25

Le droit à l'enfant

Le mot de « droit » sonne toujours juste. Deux idées d'airain retentissent en lui, la dignité et la liberté de l'homme. Un État despotique n'inflige à son peuple que des contraintes et le fait esclave. Un État démocratique lui donne le droit sublime d'avoir des droits et pose ainsi, de plus en plus, l'éminente valeur de la personne. Pourquoi donc l'expression « droit à l'enfant », au lieu d'ajouter une pierre à l'humanisation de la société, rend-elle un son désagréable et presque barbare ? Parce qu'il n'est pas un droit comme les autres, et cela vaut explication.

Les droits jusqu'ici portaient sur des choses, matérielles ou immatérielles : droit au logement, droit à la sécurité, droit à la libre circulation. Or l'expression « droit à l'enfant » fait suivre, pour la première fois, le droit d'un nom de personne, qui est l'enfant. Nul ne laisserait parler de son « droit à l'épouse » celui qui décide de se marier, sans crier à une détestable oppression masculine, mais « droit à l'enfant » ne fait pas un pli. Pourtant l'enfant est tombé, par le biais de ce « droit à », dans la catégorie des choses.

Chose en effet, par le souci exclusif qu'a le requérant de lui-même. Il pourvoit à la satisfaction personnelle d'un besoin ou d'une volonté. Il se donne le bonheur d'être parent, mais ne se soucie pas de l'enfant lui-même, objet et non sujet de droit. Tout comme le droit à l'instruction ne vise pas le bien de la culture en elle-même, mais le profit qu'en retirera l'étudiant, et le droit à la santé est fait pour le malade, mais pas pour l'hôpital.

Outre que le droit ne regarde que l'intérêt de son bénéficiaire, il implique une domination préalable sur les choses. Je n'ai droit à la santé que depuis qu'il existe une médecine efficace. Nul ne pouvait revendiquer de guérir de la tuberculose quand il n'y avait pas de traitement connu. Là où subsiste l'impuissance, s'élèvent le désir, la plainte, l'angoisse, le rêve, mais pas le droit, qui tombe dans le vide.

Le droit à l'enfant a surgi dès que l'hôpital s'est fait fort de vaincre, par des techniques variées, toutes les formes de stérilité. Il traduit donc une domination sur l'enfant, mandé (ou, dans l'avortement, rejeté) à loisir.

Accordons cependant que ceux qui usent de cette expression, malgré le souci de soi et la maîtrise des choses qu'elle indique, voient en l'enfant une personne. C'est, en un sens, presque pire.

Car le droit, qui suppose un pouvoir sur les choses, exige aussi un vouloir chez les êtres. Il n'existe que sur quelque chose et devant quelqu'un. Ce n'est pas parce qu'une chose devient possible qu'elle en devient légale. Pour passer à ce second degré, il faut la médiation d'un homme ou d'une société qui juge la validité d'une requête, y consente et en garantisse l'exécution, il faut, en un mot, qu'une personne s'engage et fasse son propre devoir du droit de l'autre. Ainsi tout droit d'un homme s'emboîte dans le devoir de quelqu'un : le droit à l'instruction pose le devoir des professeurs, le droit à la santé pose le devoir des médecins. Le droit à la procréation, comme on devrait dire, mobilise les spécialistes de la stérilité.

Mais la personne que désigne le « droit à l'enfant » est l'enfant lui-même, et un enfant pas même conçu, que je somme de venir au monde pour me faire parent. Naître est un devoir pour lui, être parent pour moi est un droit.

Droit à la procréation, tant que l'on voudra. Mais, de grâce, renonçons à cet absurde « droit à l'enfant » qui commet deux méprises.

L'enfant, s'il est une personne, existe pour lui. Si je le fais exister pour moi, je le nie comme personne et je taris sa seule source possible, c'est-à-dire l'amour qui fait advenir l'autre pour lui-même.

Et si je le tiens néanmoins pour une personne, je le nie comme enfant. Je lui intime des devoirs au nom de la préséance de mon droit. Je prends la place de l'enfant et je l'oblige à être l'adulte, je veux dire le pourvoyeur et le garant de son désir. C'est profaner la suprême gratuité qui nous lie, dans le temps exceptionnel où il est si faible qu'il ne me doit rien, pas même le sourire, que pourtant il me prodigue, et en cela, il est pure oblation.

Comme une mère l'est pour lui, ou un père, lorsqu'ils lui donnent tout, sans rien en attendre. Échange de deux grâces, forme absolue de l'amour dont la foi a tout dit en parlant de Dieu, justement, comme d'un Père et d'un Fils.

(Août 1986.)

26

Un bon petit gars

Deux heures à tirer, je m'installe dans un bistrot, et je travaille, mes livres étalés. Au zinc, une bruyante grappe d'hommes. Soudain l'un d'eux se détache et vient à moi : « Vous êtes dans les livres, et dans ceux écrits petit en plus… Que faites-vous là ? » Je réponds comme je peux, et à mon tour l'interroge. Vingt ans, chômeur. Si, il a travaillé, cuisinier, mais il a quitté délibérément son emploi, parce qu'il était mal payé. Je lui fais observer que ce métier-là n'exclut pas les promotions et que l'on peut commencer modestement, en attendant (ou préparant) un avenir plus conforme à ses ambitions. Il sursaute : « Que chantez-vous là ? L'avenir ? Ça n'existe pas. Il n'y a qu'aujourd'hui. »

Pas d'avenir donc, et pour tout présent ce whisky au cœur de la journée ouvrable. Je l'interroge encore, les confidences se bousculent : « La vie, c'est court ; le travail, on est exploité ; le mariage, ça tue l'amour ; les livres, jamais lu un seul. » Un clocher pointe timidement par la fenêtre : « Ça, c'est des farces. » S'il était paysan, il disposerait de la sagesse apprise chez les arbres et les bêtes ; s'il était femme, il saurait qu'un sourire d'enfant règle la question du non-sens. Mais c'est un bon petit gars de la banlieue. Il ne connaît ni enfance, ni champs, ni œuvres de l'esprit. N'a-t-il rien ? Il a pis que rien. Je découvre que la culture fait exactement ce que fait la grand-ville : elle a une zone, et dépose ses déchets qu'elle offre à ceux qui sont exclus de ses arts, ses pensées et ses dieux. Ces déchets sont un fatras de banalités tristes et vagues que Lucien recueille et qui le font aller en dépit du bon sens.

Qui accuser ? La culture ? Je veux bien qu'elle ne soit pas très gaie, contemporaine de tant se secousses et de terrible histoire, mais je sais que ceux qui en bénéficient ont droit à ses splendeurs et à ses fortes leçons, alors qu'elle n'exporte vers Lucien qu'une énorme rumeur sombre.

En cet arrivage malsain il y a de notre faute. Nous sommes complices. Nous ne savons pas témoigner de nos raisons de vivre, nous pourtant qui buvons à la source ; nous les mettons au secret. Mais sur nos doutes, nos craintes, nous voilà intarissables. Déjà, en 1912, Alain disait que la joie était sans autorité, tandis que la tristesse, toujours respectée, est sur un trône. D'où je tire qu'il faut résister à cette éloquence du malheur, qui harcèle un garçon désarmé et l'entraîne au zinc, où vous le verrez encore ce matin.

(Septembre 1986.)

27

Nos plus vieux mots

La « nuit des temps » sait ce qu'elle dit : le passé, dans ses profondeurs, nous est inaccessible. Que savons-nous des premières tribus qui arrivèrent en Europe et s'y répandirent ? Peuples primitifs, plus étrangers que tous les étrangers ; le temps sépare plus que l'espace, qui n'est pas invincible : nous pouvons rejoindre d'un coup d'avion les Aborigènes d'Australie et, de surcroît, vérifier que la civilisation met des montres au poignet des sauvages. Mais les millénaires dressent une infranchissable muraille entre nous et ces gens des commencements de l'histoire, peu initiés à l'écriture, et qui n'ont laissé que de faibles traces d'eux-mêmes. Que pensaient-ils ? Que se disaient-ils ? Les pierres qu'ils amoncelèrent, les fragments d'outils que nous regardons dans les musées ne dissipent pas beaucoup leur énigme.

Nous cherchons des signes, mais sans forcément viser les bons endroits. Les plus anciens tessons de cette humanité engloutie, nous les possédons nous-mêmes. Où donc ? Dans quelle partie de la maison ? En nous, et en ce que nous avons de plus apparemment fugace, de plus frêle, notre langage. Quelques-uns de nos mots remontent tout droit du grand fond des siècles. Prononcez seulement « Babylone » ou « labyrinthe » : ce sont des noms vieux de quarante siècles. Les œuvres de pierre s'écroulent, les empires disparaissent, les hommes retournent à la poussière, mais certaines de leurs paroles subsistent, préservées de l'usure des choses, de la ruine des ambitions matérielles et du passage des générations. « Babylone », « labyrinthe », les mots ont volé de bouche en bouche, échappant, comme par ruse ou par légèreté, au grand oubli où presque tout s'enfonce. Subtile fidélité, qui soudain comble l'immense fossé entre l'homme d'aujourd'hui et celui de la plus haute histoire ! Et quand je dis des mots aussi communs que « mère » ou « père », je parle encore la langue primitive, antérieure à nos langues vivantes et à celles réputées mortes, puisqu'elle est la source dite indo-européenne d'où sont sorties, comme par explosion, les langues qui formèrent plus tard le latin, l'anglais, l'espagnol, le russe. Certes, de l'une à l'autre, le mot s'est déformé : mater, Mutter, mère, madre, mais il a partout gardé sa chose exquise, le « m » initial qui le fond en murmure. Cette lettre qui a pour propriété singulière de s'émettre sans qu'il soit indispensable d'ouvrir la bouche, lettre indistincte, intime, les peuples archaïques l'ont spontanément choisie pour nommer la mère et suggérer l'intériorité que nous avons avec celle qui nous porte, nous allaite, nous garde longtemps dans ses bras ; on l'invoque dans ce qui n'a pas besoin d'être un mot et s'exhale dans le bonheur d'un gémissement. Ils ont aussi fait que le nom de « père » commence également par une labiale, mais qui éclate, s'articule, se presse vers l'intelligibilité de la parole, pose déjà les prétentions de la voix haute qu'exige la raison.

Cette douceur instinctive du nom maternel et cette nette élocution du nom paternel, avec tout ce qu'elles contiennent de sagesse, d'émotion, de bien-être, de savante distinction entre les deux parentés, sont celles des millénaires avant d'être les nôtres.

Invincible constance de ceux qu'étourdiment nous pensions abolis. Écoutons-nous, notre voix se fait l'écho de paroles lointaines qui roulent dans la profondeur des temps. Nous ignorons comment ces gens s'habillaient, chassaient ou priaient. Mais quelques mots, quelques syllabes nous restituent des bribes de leurs conversations. En ce souffle, si perceptible, nous reconnaissons des hommes, d'emblée fraternels.

(Octobre 1986.)

28

Rue Thuillier

Il faut franchir une porte cochère, traverser une cour bordée d'entrepôts dans la débine, et continuer jusqu'à un portail toujours fermé. C'est là. La rouille a pitié des visiteurs et a si bien rongé le métal qu'une fente laisse découvrir la grâce d'une demeure romantique. J'y vais parfois, lorsque je veux me donner une preuve de la beauté du monde.

Au cœur d'un jardin, la maison présente sa claire façade, un peu de biais. Persiennes closes. Simplicité. Depuis longtemps elle est à l'abandon. C'est vite dit, à l'abandon. Si les habitants sont partis avec leurs valises ou leurs cercueils, ils n'ont pas vraiment quitté les lieux, et tout murmure leur présence. À force d'assiduité, je les connais, et ma mémoire, saisie par des souvenirs étrangers, retrouve une enfance qui n'a pas été mienne, et offre pourtant d'aussi intimes raffinements.

J'entrevois au bout du sentier qui s'en va distraitement vers la porte de furtives ombres, des visages aux yeux baissés ; je crois entendre monter le son grêle d'un piano, sous une main qui rêve.

Cerné par la barbare maçonnerie de la ville, le jardin palpite comme un cœur d'oiseau, avec ses secrets nichés dans la terre humide, le frémissement des feuilles, l'élan naïf des tiges, ou ces roses nonchalantes qu'électrise un vol d'abeilles.

Il n'est pas grand, mais cela suffit pour les résurrections de la forêt vierge. Les arbres se penchent sur des cultes délaissés, les herbes font ce qu'elles veulent, des joncs s'égarent dans le songe, au bord d'une invisible fontaine. Sur les lauriers et les lierres, le soleil éclate en taches claires sans les arracher tout à fait à leur masse nocturne. Au fond, une remise coiffée de mousse. Ici, la vapeur bleue que jettent des acacias enfiévrés. Là, des odeurs fraîches s'exhalent d'un coin sombre. Et le ciel au-dessus a retrouvé sa pureté de source, il vibre de toutes les saisons, et dans une pluie de lumières et de feuilles chante une ode au fragile miracle qu'en plein cœur de la ville tresse le jour avec des branches et des fleurs.

Un soir, je suis revenue pour abreuver mes yeux devant ce coin de terre adoucie. Le portail avait été arraché. Plus de maison, plus d'arbres. Le ciel éventré déversait une clarté assassine là où hier la beauté faisait au monde l'exquise offrande d'une branche. Une excavatrice s'acharnait avec d'aveugles ruades sur des morceaux de terre blonde. Un panneau affichait la honte : « Permis de démolir. » Phrase scandaleuse et qui n'en dit pas encore assez. Car ce n'est pas une permission, c'est une obligation : il a toujours été plus important de garer sa voiture que de rêver devant la solitude d'une vieille maison.

(Février 1987.)

29

Les ânes

Tous les midis, le cortège des ânes remonte la rue de Vaugirard jusqu'au jardin du Luxembourg, où les appelle leur métier : ils feront le tour du bassin avec un enfant ficelé sur leur dos. Leur passage soulève autant d'intérêt que la relève de la garde dans une petite principauté.

Ils sortent, en effet, à heure fixe et les passants regardent la théorie des poils gris, des grelots, des croupes fanées et sourient à ce sourire de Paris ; les enfants se retournent longtemps, lancent des gestes d'amitié. Le soir, ces bons employés municipaux reviennent par le même chemin, en plein dans le soleil couchant qui leur met aux yeux des poussières d'or.

Il vont ainsi, de la paille à l'enfance et de l'enfance à la paille, rêvant aux choses simples que les tout-petits confient volontiers à des ânes, parce que les ânes, n'étant pas des hommes, écoutent ce qu'on leur dit, l'oreille frémissante. On leur prodigue bien d'autres sensations : tant de mains s'enfoncent dans leur encolure, leur grattent le front et tout l'après-midi de petites jambes leur battent les flancs, comme le pouls léger du monde.

Sur le pavé de Vaugirard, leurs trente-deux sabots résonnent, et tiennent tête au bourdonnement des véhicules. Ils cheminent à travers le désordre affairé de la piétaille, des moteurs, du tapage. Étrangers à cette prétention fébrile, ils gardent un pas invariable, le cœur rempli de souvenance, de pitié, de nostalgie de chardons bleus, étonnés sans doute d'être ânes en plein Paris.

Un seul n'y tiendrait pas. À huit, le convoi devient respectable, et ils ont le pouvoir de faire chanceler le paysage de pierre et d'acier, de suggérer de souples collines, de farcir nos têtes de vieilles histoires qu'ils colportent, Buridan, le sel et l'éponge, sans compter qu'ils sont les plus religieux des animaux. Ils ont joué des rôles essentiels dans nos Écritures, le jour des Rameaux pour lequel ils semblent encore misérablement pomponnés, et surtout la fuite en Égypte, où s'est distingué un de leurs ancêtres en sauvant l'Enfant Jésus du couteau d'Hérode. Bref, ils accumulent les références, au point de décontenancer la ville.

Qu'est-ce que c'est, au fait, le progrès collectif ? Leurs airs doux, vaguement gênés, font des remontrances à nos mains crispées sur des volants, nos yeux braqués d'automobilistes, nos engins à faire des kilomètres et des morts ; tant de pauvres âmes butées sur elles-mêmes, franchement, cela ne fait pas sain d'esprit !

Nous les ânes, disent-ils, nous conservons les traditions, malgré le gazon disparu. Nous commémorons les temps perdus, restons à l'affût du silence, et nous ne nous pressons pas. Y a-t-il encore parmi vous des flâneurs, race oublieuse, ou avez-vous déjà fait passer sous vos roues le dernier ? Vous répandez la peur, le soupçon, la hâte dans vos avenues, vous n'attendez personne, vous n'épiez rien. Finie, chez vous, la dévotion devant les imperceptibles splendeurs de la vie ! En vain nous essayons de semer l'esprit de pauvreté dans vos cités clinquantes, et nous aimons accomplir notre service auprès des enfants et de votre Seigneur, parce qu'il n'a jamais fait le fier.

Que pouvez-vous bien comprendre à notre patience grise, à nos personnalités antiques et identiques, vous qui passez votre temps à changer vos voitures, vos habits, vos maisons, parfois vos femmes, et donnez dans le « dernier cri », alors que nous ne faisons que braire depuis cent mille ans ? Bonsoir, messieurs-dames, confiez-nous encore vos enfants pour le tour du bassin, mais ne croyez pas que nous soyons vraiment des frères.

(Juin 1987.)

30

Échillais

Dernière escale avant la large bande de terre quadrillée de canaux qui sépare la Saintonge de l'Océan, l'église d'Échillais achève, en la portant à une sorte de perfection simplifiée et déjà tout irradiée de libre lumière, la règle romane qui a semé le pays de nefs, de chapiteaux, de tympans, de colonnes.

Comme toujours quand on approche de l'eau, le ciel devient immense et déverse la clarté d'un été que l'on jurerait immuable. Dans cette liberté heureuse de l'espace, l'église se dresse, pure et nue, avec la légèreté d'un vaisseau blanc, qu'enfièvre l'imminence du départ.

Ce qui touche, à Échillais, est-ce donc ce que l'on a tant de fois admiré ailleurs, la façade en arc de triomphe, la galerie d'arcatures, l'abside rythmée de cintres, de colonnes, de modillons ? La fine église redit tout cela, mais avec une justesse de ton, un parti pris de grâce et d'équilibre intérieur qui, plus qu'un édifice, évoque le sobre déroulement d'un chant.

Ciselée comme une fougère, partout où le ciseau a trouvé à border fenêtres, corniches, tailloirs, elle offre avec prodigalité une exubérance de végétations, d'entrelacements géométriques, de motifs mystérieusement historiés : qu'exprime donc ce chapiteau en forme de monstre, qui avale sa colonne, avec des yeux hagards, menace ou franche hilarité ? Cette volubilité alterne avec les grandes surfaces où palpite seulement la nudité de la pierre. En cette succession de dépouillement et de frénésie, je crois déceler quelque chose de l'esprit des bâtisseurs, qui ont ordonné leur monument comme une liturgie, où se relaient temps de silence et rumeur des prières.

Œuvre des hommes, œuvre du temps avec son cortège de malheurs. Le sel et le vent ont émoussé les voussures du portail central. Du Christ et de saint Étienne, on ne discerne que des formes estompées, et comme battues des flots, mais cet effacement n'incline guère à la mélancolie : la pierre a pris le contour des songes, le message se ramène à la douceur d'une allusion ; il n'est plus prononcé, il est fredonné. Ses figures confuses ne sont pas plus intelligibles que le latin que porte le grégorien des moines. Mais l'essentiel est sauvé, la ligne mélodieuse que gouverne l'esprit suit son cours inflexible et exhale le pur élan de la foi.

Pauvreté enrichit : non plus le temps, mais les guerres ont changé le clocher, tardif, trop simple, et ont emporté les tympans. Aucune sculpture majeure ne subsiste. Cette amoureuse joaillerie de pierre entoure des places vides. Les adorateurs sont là, joignent les mains, mais personne ne vient dans ces encadrements poser de corps matériel. Comme si le temps disait à l'homme : j'ai laissé la trace de la ferveur humaine et le zèle des ouvriers, mais j'ai effacé ou enlevé la forme de ton Dieu. Ainsi comprendras-tu mieux l'Évangile de Jean : l'homme, jamais trop sensible, et Dieu que nul n'a jamais vu.

Telle est la leçon d'Échillais : elle ouvre nos yeux sur sa beauté, puis délicatement les clôt sur plus de beauté encore.

(Septembre 1987.)

31

Brèves amours

Pourquoi, m'écrit cette lycéenne, l'amour finit-il toujours par la déception ? Je retiens ce mot : toujours, que les chansons font rimer avec amour. Ma jeune correspondante l'accorde à l'échec. Quelle dérision ! *Toujours* se lie à l'inconstance ! Toujours, c'est pas toujours.

Jeune fille, essaie de comprendre. Tu as un corps, au faîte de sa beauté comme de ses élans. Tu prends feu, tu te jettes dans les bras d'un garçon aussi beau et passionné que toi, mais le rêve déjà est trahi, tu crois donner tout, tu reçois peu, tu ne comprends plus ce qui t'a appelée vers lui, et le généreux amour a une saveur d'avarice. Quelque chose manque. Quoi ? Tu ne sais. Alors tu t'éloignes, tu vas demander à un second, puis un troisième ce que le premier n'a pu te donner. La multiplicité te divertit, mais elle ne comble pas le vide. Désemparée, tu t'interroges. Autour de toi, on dit que l'amour n'est pas fait pour durer. Tu as seize ans. L'amertume.

Ne t'étonne pas, jeune fille, ne crois pas ce qu'on te dit et que vérifient tes expériences écourtées. C'est lâche, corrupteur et faux. L'amour est très capable de durer, mais il fait un peu d'arithmétique : pour aimer, il faut être deux, et pour être deux, il faut d'abord être un. Pour tout donner, il faut avoir quelque chose. Pour atteindre la plénitude, ne pas être insuffisant.

Avant de tirer des jugements sur l'amour, regarde-toi. Tu fais défaut avec tes seize ans. Ton corps est accompli, ton âme est inachevée. Quoi que tu fasses, tu n'offres qu'une moitié de toi, et ton ami pas davantage. Deux raisons de vous décevoir, et pas une de vous aimer entièrement.

Apprends donc à être toi. Comment être soi ? En se fabriquant, dans la solitude, non pas celle du malentendu avec les autres, mais au contraire celle qui nous ouvre tout grand aux puissances éducatrices que sont un peu de science, la lecture, les arts, la présence d'innombrables autres, le mystère, le silence en nous-même. Peu à peu cette âme dénudée accumule un trésor inépuisable, qui s'appelle toi, et que tu pourras enfin offrir, sans craindre de manquer. Ainsi durera l'amour, s'il prend et reçoit sans compter. Au fond, il n'a pas de secret : il met l'infini de son côté. Des cœurs remplis, des âmes accomplies peuvent prendre et donner perpétuellement : il y a toujours.

Alors les mots reprennent sens : quand tu te donnes, tu donnes vraiment quelque chose et quelqu'un, non des bribes ou une ébauche. L'amour a la consistance de l'être. Laisse-le mûrir avec toi. Estime-le assez pour lui prêter une soif inépuisable, comme l'esprit avec lequel il se confond, et un grand désir d'infini qui porte les sentiments humains si près de la transcendance. Engrange tes moissons, patiemment et humblement, rends-toi digne de la prière que te fera celui qui t'aime, comme si tu étais un dieu, prépare-toi à exaucer jour après jour ce suppliant d'amour, et fais-toi aussi cette suppliante. Toujours sera toujours.

(Octobre 1987.)

32

La ville natale

Sur sa colline, elle tient à la fois de l'antique citadelle et du mol abandon d'une femme couchée. Montpellier est une ville féminine. Ainsi s'impose-t-elle à moi, puisque j'y suis née et qu'à chacun de mes retours, je sens ses bras s'arrondir autour de mon corps avec une complaisance toute maternelle, tandis que mes pas, mes yeux, mes narines font resurgir, embrumé de furtive mélancolie, le miracle de mon enfance. Je m'étonne de la persistance des sensations, des fidélités aiguës de ma mémoire, quand tant d'événements et de passions m'ont quittée sans laisser de cendres.

À sage distance de la côte et des premiers contreforts cévenols, elle s'est préservée de la vulgarité des stations, du tapage touristique qui piétine l'âme impalpable des cités. Elle évite la violence de Nîmes, dont une rivalité séculaire la sépare, le pittoresque poissonneux de Sète, la gouaille marseillaise. Sans usine, sans corrida, sans équipe sportive qui lui fasse honneur, sans spécialité connue, sans soldatesque, elle se contient dans une sorte d'oisiveté studieuse, en un mot elle a du maintien.

Sur la promenade du Peyrou règne l'immensité d'un ciel transparent, que j'ose dire démocratique, tant il déverse, en sa hauteur et l'éloquence de sa lumière, les protestations de la liberté et comme l'âme d'Athènes. Au fond, la ligne dure de la mer et, devant, le sobre enchevêtrement des toits de tuile, les mâtures d'antennes font de la ville une escadre de navires appareillant vers le Sud.

Mais il faut pénétrer les rues basses pour comprendre la savante géométrie d'un site que son université rendit illustre. Comment dire ? La ville a l'esprit juste. Je me la représente comme une dame en toge, une équerre à la main. Quand j'y demeurais, elle n'avait pas encore eu la sottise de déporter ses facultés et d'aller les déverser dans les zones suburbaines, entre les résidences à piscine et les hypermarchés. La pensée occupait, comme il se doit, son cœur. La médecine s'amarrait à la cathédrale, comme le corps à l'âme. Droit et sciences se partageaient un bâtiment aux pierres parcheminées, qui abritait aussi la bibliothèque et ce silence clérical que la lecture partage avec la banque (les dieux ont plusieurs tabernacles). Le soir, quand je regagnais mon gîte, les cloches de la cathédrale ébranlaient l'air déjà bleu, couvrant la ville et sa rumeur presque enfantine de la vibration majestueuse des heures tombées.

Les monuments officiels miment, malgré leurs proportions réduites, la grandeur romaine : palais de justice, arc de triomphe, église prennent tout ce qu'il y a de plus au sérieux les institutions pour lesquelles ils ont été faits. Même le gracieux château d'eau se laisse aller à un peu de pose. Mais si l'on quitte la gravité provinciale des avenues, la ville entrouvre ses vrais trésors. Il faut arpenter les longues rues étroites, où le soleil joue à chat perché avec la bordure des toits ; le pas résonne sur le pavé désert, et c'est au flâneur de surprendre le sourd reflet d'une voûte gothique récemment mise à nu, l'éclat de rire d'une porte richement ornementée, le fond d'une cour avec sa vasque ruisselante de verdure, ou la spirale d'un escalier. On arrive sur des places carrées que signalent le brusque éclatement de la lumière, des salves d'oiseaux et de cris, et l'on passe vite, comme un profanateur, dans ces espaces quadrillés par les jeux et les rêves enfantins. Même dans les faubourgs, les maisons basses, rapprochées comme les chaises dans les jardins publics, continuent, avec le babil des femmes, l'humaine confidence qui m'accompagne depuis toujours.

Ville, ma ville, loin de toi, je cours encore, ombre légère, parmi tes pierres, ta clarté, tes sciences multiples. Je ne crains pas l'exil. Que je ferme les yeux et tu t'élèves, avec tes ailes blanches, sur le ciel invincible du temps.

(Novembre 1987.)

33

L'âme inavouable

Ses crimes ne pouvaient s'expier ni sa conscience s'émouvoir : qu'avait à craindre Barbie ? La guerre, à laquelle il s'est dévoué toute sa vie et se réfère encore, a donné la paix à son âme. Quant au tribunal des hommes, il était voué à des sanctions dérisoires : la perpétuité, à l'âge de Barbie, n'a rien de perpétuel. L'eût-on même condamné à mort, on n'eût tué qu'une fois le responsable de mille morts.

À défaut d'accomplir le travail de la justice, son procès pouvait se déployer dans le symbolique ; ce qu'il a fait, et bien fait. Il fallait que les témoins parlent, que les anciens se souviennent, que les jeunes s'instruisent, que tous soient affrontés au mystère du mal qui prenait bizarrement, et comme par erreur, le visage d'un vieillard.

Barbie n'était pas l'inventeur de ses forfaits, mais l'instrument, tous l'ont dit. Derrière lui, un système avait scientifiquement organisé la contre-humanité.

Mais si un homme s'explique par un système, qui expliquera le système ? L'énigme grandit, en reculant : il y a plus qu'un homme, plus qu'un système, plus que la guerre, il y a l'âme inavouable. Si elle a commis, chez les nazis, son plus grand forfait, elle en a commis ailleurs d'incessants. Autres temps, autres meurtres. Quel pays, quelle époque, à commencer par la nôtre, scandaleusement assidue, n'a ses pièces à verser dans les annales de la haine ? Les avocats qui sont venus rappeler d'autres crimes que ceux de l'Allemagne nazie ont eu raison, puisque la lèpre court partout, mais ils se sont trompés s'ils ont ainsi pensé diluer la culpabilité de l'accusé. Ils ont fait le contraire. Les victimes du capitalisme, du communisme, de la colonisation, de l'inquisition, de toutes les intolérances ne font que redoubler, en le multipliant, le scandale où chacun a trempé, et épaissir le mystère : pourquoi l'homme, malgré les grandes voix civilisatrices, malgré Confucius, Socrate, Jésus, malgré l'aspiration pacifique du grand nombre, l'éclat et l'universalité du principe de respect, échoue-t-il à traiter autrui selon son élémentaire dignité ? Quelle tentation l'entraîne à bafouer son prochain, le réduire à une chose et à en jouer atrocement ?

Toute tyrannie, quelle que soit sa rhétorique, un délire, une doctrine, la référence déloyale à une religion, peut compter sur la force brute et son déchaînement incontrôlé contre la faiblesse. Elle est assurée de trouver autant de misérables qu'il lui en faut pour réduire, par les coups et la mort, autant d'êtres qu'elle veut à l'inertie définitive des choses. Cent pays sur cent quarante pratiquent la torture. Je dis toute tyrannie. Quand il n'y a pas de tyrannie, l'affreux instinct s'assouvit dans le spectacle. Les Romains couraient voir couler le sang dans ce qu'ils appelaient des « jeux » ; chez nous la violence, sur les écrans, fait recette ; et, sur la chaussée, l'accident attire un public pour d'autres motifs que la compassion.

Le sinistre vieillard a été reconduit, menottes aux mains, dans sa prison. Mais le diable rôde toujours à l'air libre, présent un peu chez beaucoup, beaucoup chez un peu. Il faut que le procès continue ; la cause de ceux que l'on voudrait ne jamais devoir appeler des victimes aura, longtemps encore, besoin des infatigables réquisitoires de la conscience.

(Novembre 1987.)

34

Cette langue dite morte...

Les langues sont comme les gens. Il en est de très prudes, qui ne laissent pas leurs mots frayer avec n'importe qui, et d'autres, dépourvues de préjugés, qui autorisent les leurs à former toutes les sociétés qu'il leur plaît. Ainsi l'Allemagne, dans sa grammaire aussi, a le sens de la troupe, et agrège naturellement les mots pour en former de neufs. Quand le téléphone a été inventé, nous avons respectueusement convoqué le grec pour le nommer ; les Allemands ont trouvé sur la place de quoi parler à distance, avec le *Fernsprecher*.

Le français fait donc des cérémonies. Pour composer les termes dont notre siècle, grand inventeur de concepts et d'outils, a besoin, nous nous gardons généralement de puiser dans le terroir, qui est, comme on sait, latin. Nous faisons appel aux langues étrangères et à leurs facilités grégaires. L'allemand se charge de la philosophie avec ses *mitsein* et ses *dasein,* paraît-il intraduisibles. L'anglais fournit par pleins bateaux la technique et les nouveaux usages, avec les *pacemakers,* les *teenagers,* le *selfservice* et le *football.* La force de ces deux langues est de forger avec des éléments anciens d'ingénieux vocables, qui foncent chez nous, où la place est libre, puisque notre rigide latinité s'effarouche à l'idée de lier les mots, qu'elle voue au célibat ; et quand par hasard elle daigne les unir, elle leur met une apostrophe, comme grand'mère (*grandmother* en anglais) et surtout un trait dit d'union qui est plutôt là pour séparer, et pose d'insupportables casse-tête lorsqu'il faut les mettre au pluriel.

Certains s'inquiètent de cette invasion. Mais n'ont-ils pas remarqué la massive immigration du grec, langue athlétique qui se souvient du stade et vient ranimer nos langueurs, pallier nos arthroses langagières ? Depuis longtemps, le français parle grec dès qu'il se fait savant et, curieusement, c'est le fonds latin qui passe désormais pour la langue vernaculaire ; anorexie fait plus sérieux qu'inappétence, et l'éthique, depuis qu'elle institue des comités, ne veut plus entendre parler de morale. À sa distinction native, le grec ajoute une souplesse de mouvement que son grand âge n'a nullement amoindrie. Il permet toutes les liaisons que le français défend, et en avant l'astronautique, la neurasthénie, l'écologie, le psychopathe, l'euthanasie, l'hydrothérapie, la neurochirurgie, la parapsychologie. Les mariages se contractent sans formalités, à condition que les deux fiancés appartiennent à la patrie d'Homère. Nous tolérons même les unions adultères, et de plus en plus souvent l'on voit du grec se métisser de latin : cela donne la macromolécule, la télévision, la néonatalité, le dysfonctionnement, la médiathèque, la télécarte. Même si de tels ménages ne nous paraissent pas très heureux, ils se portent bien et, en tout cas, ne divorcent pas, comme en fait foi la presque centenaire automobile, formée du préfixe grec *auto-* et de l'adjectif latin *mobilis.* Cet exemple pourtant n'est pas le meilleur ; le conjoint grec, toujours prépondérant, y a tendance à congédier sa moitié latine, et l'auto, comme la télé, proclame son arrogante suprématie.

Que ferions-nous sans le grec ? Cette langue, dite morte, éclate de vitalité ; elle a déjà introduit dans notre vocabulaire des milliers de termes, presque autant qu'en utilisait un Athénien sous Périclès, et sa fécondité ne diminue pas. Langues et peuples obéissent aux mêmes lois, ils deviennent puissants s'ils n'hésitent ni à se marier ni à enfanter. La pérennité tient à ces juvéniles élans.

(Décembre 1987.)

35

Aziz

Il s'appelle Aziz. Il a vingt-six ans et termine ses études de droit. Un beau visage, avec des rondeurs encore enfantines, des cheveux noirs, des yeux d'un bleu très pâle qui se lèvent souvent vers un horizon un peu lointain que lui seul semble voir. Il parle avec précision, fermeté, élégance, devant un plein amphithéâtre du Conservatoire national des arts et métiers. Au fait, que dit-il et pourquoi est-il là ?

Depuis sa petite enfance, Aziz est complètement sourd et aveugle. Il raconte donc sa nuit et son silence, ses débuts difficiles, ses passages dans les institutions, sourd chez les aveugles, aveugle chez les sourds, partout un cas.

Pourtant, il est là, et il fait une conférence. On

lui a appris le braille, je ne sais comment, et il dispose d'une petite machine à écrire qui retransmet à son doigt les messages frappés par un opérateur. On lui a aussi appris à parler, comment, je le sais moins encore, car on a demandé au jeune homme des sons qu'il n'entendait pas et qu'il reproduit sans les entendre davantage. Il parle, ainsi va-t-il au monde, il touche, ainsi le monde vient-il à lui.

Essayez de vous représenter l'univers, sans yeux et sans oreilles : une planète inaccessible. Et l'âme, sans les sens : une citerne vide. L'invisible est construit par le visible, et réciproquement le moi par les autres, et réciproquement. Aziz le sait mieux que personne. Et c'est de cette conjonction que lui, l'être séparé, parle avec une force étrange. Pour un handicapé, communion et autonomie se conquièrent ensemble, et sont les deux noms de la dignité. Aziz sait des choses qu'il fait bon d'entendre. S'il a de l'indépendance, il la doit à l'aide de la société. S'il a une vie sociale, c'est qu'il sait aussi être seul. Mieux, s'il est lui-même, c'est par les autres.

Il dit que l'on n'est soi-même que si l'on donne et l'on reçoit. Il le vit avec sa voix et avec sa main. L'autre est toujours là, comme source ou comme but. Aziz ne l'oublie jamais.

Voilà sainement humiliés les discours contemporains qui vous répètent que l'individu se fait par rupture, éloignement, dédain et sans rien devoir à personne. Aziz en témoigne autrement.

Il va vers l'autre, l'autre va vers lui. Le miracle

a deux noms : volonté et amitié. Les grands sentiments élémentaires. La volonté, c'est lui, son courage, son travail, son élan. L'amitié, c'est ce jeune moniteur qui ne le quitte pas des yeux, avec fierté et tendresse.

Aziz arrive à la fin de son témoignage. Avec une simplicité bouleversante, il avoue ressentir encore parfois « un complexe d'infériorité ». À dire vrai, c'est plutôt ceux qui l'écoutent qui en ressentent un, quand un mot ou un fugitif malaise suffit si souvent à leur mettre l'humeur à l'envers. Alors que cet homme, debout, bien à l'endroit, est là, sereinement communicatif.

(Avril 1988.)

36

Le dîner en ville

J'étais l'autre soir dans une compagnie de gens très distingués. L'une des invitées était peintre, une autre poète, une troisième violoniste. Les messieurs sortaient glorieusement de Polytechnique, Centrale et autres Sciences-po. Je savourais à l'avance le plaisir de demander à la musicienne, déjà âgée, si elle entendait autrement la *Sonate à Kreutzer,* qui lui avait valu dans sa jeunesse un prix international, et si, après tant de récitals, il restait encore dans ses interprétations quelque chose d'indéterminé qu'elle abandonnait à l'ultime caprice du moment. Du peintre, j'apprendrais comment surgissaient ses toiles, après le patient mûrissement de l'esprit, ou, au contraire, d'une main souveraine, menant seule son jeu impétueux. Il m'intéressait de savoir comment se déroulait le travail de la plume et du pinceau, et s'il y avait quelque affinité dans la genèse d'une œuvre écrite et d'une œuvre peinte. Je désirais que chacune me parlât du temps de l'élaboration, ce domaine studieux et clos, connu du seul artiste, où un rêve se façonne en œuvre, se déplie, s'élance comme un oiseau, parfois s'arrête en plein vol, pour piquer du nez et s'abattre, piteusement disloqué. Comment la chose informe recommence à bouger, maladroitement mais patiemment lisse à nouveau ses ailes, puis repart dans un essor définitif.

Les sottes espérances ! Dès l'apéritif, les messieurs prirent la parole, comme on fait d'une place forte, décidés à n'en pas déloger. La conversation roula sur les systèmes de marché, les technostructures, la micro et macro-économie et tout le tremblement.

Les femmes se taisaient. Comme le pli est vite repris ! Mes trois artistes obéissaient à cette politesse biscornue qui, dans le temps, autorisait les femmes à paraître, à condition qu'elles s'effacent. Elles restaient immobiles, avec juste ce bref sourire que l'on a au passage des plats, et gardaient les yeux baissés, par respect ou fatigue, avec par instants des lueurs, tandis que les maris péroraient.

Je guettais un répit dans le problème monétaire, un essoufflement dans la conférence de presse, j'implorais secrètement le passage d'un ange. Mais les anges sont effarouchés par ceux qui refont le monde, à moins qu'ils ne les trouvent ennuyeux. Il n'y eut point de silence où glisser mes questions.

Quant à l'aparté, il n'y fallait pas compter, puisque l'usage de table impose l'alternance des sexes, c'est-à-dire du silence et du discours. Les loquaces n'ont rien à craindre, ni à droite ni à gauche, quel luxe, et les muets sont battus d'avance par deux voisins intempérants. C'est ingénieusement calculé.

Le temps passait, les orateurs continuaient de réformer l'univers. Je considérais le poème, redevenu page blanche, la toile, tournée dos au mur, la sonate, dont les notes se décrochaient de la portée, comme feuilles et fruits que le vent arrache à leurs branches. Minuit égrena ses coups. Le conseil d'administration fut levé. Je remerciai mes hôtes et m'enfuis, obsédée par ces richesses silencieuses qu'engloutit la goujaterie de ceux qui n'ont d'oreille que pour eux-mêmes.

(Juin 1988.)

37

Barnenez

On ne visite pas des sites comme celui de Barnenez, sur la côte, au nord de Morlaix, sans éprouver quelque vertige. Un monument énorme, fait de trois étages de pierres entassées, abritant couloirs et alcôves, a été construit sans autre industrie que les mains, les efforts rassemblés de plusieurs villages et l'art de transporter d'épaisses dalles. L'ouvrage résiste depuis plus de cinq millénaires.

De ce que l'homme donnait à ses intérêts immédiats il ne subsiste rien, ni champs, ni maisons, ni outils, hormis quelques tessons. Seule défie les siècles l'œuvre inutile, celle du moins qui ne collabore pas à la survie : les cairns, à usage funéraire et surtout religieux. Plus près de nous, le Moyen

Âge ne laisse presque rien, en Armorique comme ailleurs, sauf ses églises et ses calvaires. Il faut écouter la chanson du granit.

Si loin que l'on remonte, on voit que l'homme a consacré ses principales forces à ce qui ne servait ni la chasse, ni la pêche, ni son sommeil, ni la paix avec ses voisins. Il s'est dévoué, même sauvage, à un autre monde que le sien, écoutant, dans le silence, on ne sait quelles cloches pascales, scrutant un ciel au-delà de ses yeux. Voilà son génie propre. Même au temps où les forces extérieures le harcelaient et auraient dû employer toutes les énergies de ce démuni, jamais le réel ne lui a suffi. Ce n'est pas à lui qu'il pense d'abord, et quand il y pense, c'est avec un regard dégrisé ; il s'octroie une part médiocre, dont on juge sur ces périssables masures de bois, tandis qu'à ses dieux, il destine, en déployant des énergies incompréhensibles, les monuments durables de la pierre. Nous connaissons la préhistoire par le culte des morts, nous regardons la Grèce dans ses temples et le Moyen Âge dans ses églises. Toujours le dieu mis avant l'homme. Le souci d'un autre, par-dessus celui du semblable.

Il ne faut pas croire que les primitifs commencèrent par vaquer à l'utile. D'emblée déboîté du réel, cet être s'est fait théologien. Il a dressé ses autels avec ses premiers foyers.

Ainsi commence l'aventure de l'esprit, qui est infinie, comme ce qu'elle cherche. Car en tirant l'homme vers plus que soi, les dieux rêvés ont tiré de l'homme bien plus que lui-même : ils ont démesuré ses ressources, tant la force de ses mains que les idées de sa tête, et à ce primate ont donné stature d'architecte, d'ingénieur et de philosophe. Ainsi est fait l'esprit : d'un grand mécontentement de soi allié à une grande espérance en un autre que soi. De ce sentiment contradictoire témoignent ces encorbellements, ces frontons et ces flèches.

(Septembre 1988.)

38

La carte d'état-major

La télévision débite perpétuellement de la carte postale, sans qu'il en coûte aucun effort à nos jambes et à notre rétine. Jouant de l'extrême mobilité de la caméra et du montage, elle offre pêle-mêle les plages luminescentes de Tahiti, la place Tien An Men ou les sources du Nil, dont le spectateur ne gardera, dans un instant, qu'un souvenir confus et bariolé. En saura-t-il davantage où, sur la carte, perchent Pékin, Papeete ou le Soudan ? Évidemment non.

Je sais une façon contraire de regarder le monde. C'est de scruter attentivement une carte d'état-major : une région s'y récite méthodiquement, sans rien oublier. Lignes doubles, simples ou en traits discontinus, selon l'importance des voies : brun clair des courbes de niveau, serrées ou espacées, qui indiquent l'altitude, surfaces vertes des régions boisées, bourgades comme des tas de bacilles sous l'oculaire du microscope, avec le petit cercle des églises, triangles des points géodésiques.

Mais croyez-vous que ces signes restent tranquillement conventionnels sur le papier ? L'imagination se met à battre des ailes devant eux, elle s'en donne à cœur joie, et remplit l'office auquel elle doit son nom, en levant une brassée d'images. Sur les surfaces blanches, elle répand l'or cendré des éteules, le flanc de molles collines ; du fil bleu des rivières, elle fait cascader le rire d'un torrent ; elle met des fraises sur le pointillé des sentiers, et à l'entrée des villages souffle un âcre parfum de troupeaux, fait entendre dans l'ombre des étables un remuement de chaînes et de sabots, tandis que la main négligente du vent sème au-dessus des toits les notes de quelques clochers.

Tout à l'avenant. Les cieux s'éclairent, les bois étincellent, vous buvez à toutes les fontaines, et de la mer écoutez monter les voix sombres.

Mais ce sont surtout les mots écrits qui donnent leur pâture à tous les sens, délivrant comme pas un l'âme capiteuse d'une terre. Car tout est nommé, ravin, butte, ferme, mare. La combe de Deruffes, dites-moi si elle ne promet pas un beau chaos de ronces et de pierres. Château de Roquedols : ce nom-là tache de lichen jaune la sévérité de la pierre. Le bois du Commandeur déroule sous vos pieds un tapis d'herbes tendres, presque charnelles, et fait couler à travers les hauts fûts des conifères les verticales de la lumière. Le Pont-Neuf a toutes les chances d'être à moitié écroulé, et la serre dénudée de Pauparelle, soûlée de soleil, grésille d'insectes, avec un bruit de friture.

Résistera-t-on longtemps à l'envie de prendre son bâton et de faire avec les jambes la promenade commencée par l'esprit ? On grille d'aller voir pour de bon, ou plutôt revoir, ce morceau de terre sillonné de rêves et de pas invisibles. Gageons que nous accomplirons ce voyage comme un enfant qui rentre au bercail, tout palpitant de souvenirs et d'émotions. Rien d'étonnant : l'esprit a rendu son juste hommage aux choses ; elles redeviennent ce qu'elles sont, une œuvre, la nôtre, autant que celle d'un dieu.

(Octobre 1988.)

39

La nuit des temps humains

Nous parlons volontiers des origines de l'homme comme d'une modeste et transitoire préparation : un bourgeon s'accroît jusqu'à ce que s'ouvre la fleur qu'il est devenu.

Nous faisons erreur sur les proportions. La fleur humaine que nous appelons civilisation ne fut pendant des millions d'années qu'un bourgeon qui ignorait sa croissance et qui vient juste d'éclore.

Si nous réduisons l'épopée du genre humain à une seule journée, les hominidés arrivent à 0 heures et tout le jour se passe en compagnie de ces ancêtres velus auxquels la paléontologie dénie le nom d'hommes. Le soir tombe : à 22 heures se pointe l'*habilis* qui taille ses outils, à 23 heures bien sonnées l'homme de Neandertal creuse ses sépultures, décore ses poteries et organise sa vie autour de ses foyers. L'écriture, qui inaugure l'histoire comme telle, commence dans les dix dernières secondes de cette journée, au moment où minuit égrène ses coups !

Ce laps d'histoire, vieux de 6 000 ans à peine, reproduit à son échelle le même scénario de lenteur et d'explosion tardive. Pendant 5 800 ans, l'homme n'utilise que la force des muscles, relayée il y a deux siècles par la vapeur, puis l'électricité, enfin le nucléaire. Jusqu'au XXe siècle il ne calcule qu'avec ses neurones, aujourd'hui flanqués de puissants ordinateurs qui laissent prévoir de nouvelles et prodigieuses métamorphoses de ses paysages, ses équipages et ses outillages. Émerveillés, nous jetons sur la tête de ce conquérant, de ce savant, de cet artiste, des lauriers éblouissants et mérités. Déjà Sophocle, regardant la terre soulevée par le soc, et les vagues fendues par les fins vaisseaux, s'écriait : « Quelle splendeur, l'homme ! »

Mais quand nous avons admiré le profil de César, les puissantes mains de Michel-Ange, le front tourmenté de Beethoven, retournons-nous vers l'arrière, et comparons l'éclair du génie humain au gouffre infini où notre ancêtre titube, se tait, frotte ses canines sur un quartier de cervidé. Nous sommes enfouis, nous l'espèce, dans ce néant immense, où il faut des millions d'années pour que l'homme se mette debout, utilise ses doigts, arrache des mots à ses cris.

C'est pourtant nous déjà, dans la vie inférieure, où l'art ne s'exprime que par un soupir, l'amour par un battement du cœur, où le poète est seulement un regard pensif et le savant une interrogation muette sur les choses. Oui, c'est nous, cette éternité de pas imperceptibles, de servitude, d'infirmité, d'obscure et terreuse attente. Nous oublions trop vite qu'à ce néant interminable nous devons la petite étoile qui s'est allumée lorsque la cloche nocturne annonçait le commencement d'un autre jour.

Nous sommes les gens de la dernière heure, à peine surgis de la profonde nuit, et roulant encore, en nos instincts, nos inconsciences et nos coutumes, bien des morceaux du vieil abîme.

(Novembre 1988.)

40

La dame aux oiseaux

Je ne l'ai remarquée que lorsque la nuée, dans un bruit de branches froissées, a commencé à descendre. C'était une femme sans âge ni beauté, dépourvue même de l'attrait qu'à son insu exerce la misère ; plutôt commune que vraiment pauvre. Immobile, sur la place Saint-Sulpice, près de la fontaine, elle tirait de son sac d'ouvreuse un pain qu'elle émiettait aux pigeons.

Mon réflexe de pitié, qui fut le premier, se dissipa. Le monde, autour d'elle, s'atténuait, respectueusement faisait cercle. Je ne la voyais plus qu'à travers le filet d'argent dont les oiseaux tissaient les mailles, unissant le ciel et la terre.

Ils arrivaient par centaines, en tournoyant comme des pétales d'amandiers qu'un coup de vent poursuit, et… s'abattaient par rafales autour de l'inconnue, déjà lointaine et embellie.

Le tourbillon de fleurs grises semblait inviter l'automne à une fête de mai.

L'espace s'emplissait de souffles et d'étincelles bruyantes, et dans une grande effervescence de becs, de pattes, de queues en éventail, la gent picoreuse s'affairait aux pieds de sa bienfaitrice, comme si le bitume de Paris était redevenu une terre ensemencée.

Elle jetait toujours, usant de sa gibecière comme d'une lyre, dont ses doigts prodigues tiraient des sons et des chansons.

Certains s'en vont oublier dans le bal du samedi les fatigues de l'usine, d'autres s'étourdissent de vin ou, crispés sur le volant d'une voiture chapardée, dévorent l'espace, comme ils feraient d'une large tranche de pain. Chacun va ainsi se faire sacrer roi de quelque royaume, et sur la pointe des pieds, il en rejoint les fastes réguliers, et par eux se rappelle obstinément qu'il est né, quoi qu'en dise sa vie, pour être grand.

Celle-là avait trouvé son ivresse dans le ralliement emplumé. Sans doute le sort l'avait-il rebutée, mais non sans laisser près de son berceau deux ou trois pièces d'or, le pouvoir de répandre sur un quartier de Paris des frissons, des cris, des flammes, celui de rappeler du ciel assombri de novembre, des escadrilles de voilures légères et, enfin, le don d'écrire avec des mots simples, une grande épopée d'oiseaux et d'amour.

Ignorée des hommes, bénie par les bêtes, elle sortait de la vie obscure qu'elle menait à petits pas entre l'ouvroir et l'épicière, et s'en venait tous les jours, si l'on en juge à la familiarité avec laquelle les oiseaux grimpaient sur ses mains ou son épaule, servir la fête utile qui nous dit, contre les mensonges de la vie, et en des mots très doux, qui nous sommes. Toute âme, et la plus fourbue, entend au fond de soi de tels appels, et le rêve qu'à sa façon elle exauce est plus vrai que les injures quotidiennes.

Chez notre Orphée municipal, le choix de la méthode était deux fois heureux : les pigeons ne manquent jamais les rendez-vous, où ils se rendent avec une exactitude maniaque, et le symbole utilisé était confirmé par de puissantes références : sur lequel d'entre nous une colombe ne vient-elle murmurer tendrement que nous sommes des enfants bien-aimés ?

(Janvier 1989.)

41

Culture ou sauvagerie ?

Chacun sait désormais que les Droits de l'homme incluent le respect des identités culturelles. Un peuple a droit à ses arts, son langage, ses légendes, ses croyances, ses rites, qui composent, en une diversité incomparable, le patrimoine de l'humanité.

Mais plusieurs fois cette année, j'ai vu des gens pousser un peu loin le respect des coutumes. C'était toujours à propos de l'infibulation et de l'excision des Africaines, dont Benoîte Groult a, la première, sauf erreur, révélé au grand public l'horrible pratique. Eh bien, dès que l'on évoque ces mutilations, il se trouve des délicats pour me faire observer que ce sont des coutumes locales, qu'elles ont leur raison d'être, que nous n'avons pas à en juger, nous avec notre ignorance d'Occidentaux mal guéris de l'esprit colonialiste.

Cela fait partie des mœurs, dites-vous, donc de la morale, et il n'y a donc pas plus à redire à cela qu'aux cultes védiques et au tatouage.

Si cette pratique s'incorpore au florilège culturel d'un peuple, je me demande pourquoi on ne fait pas entrer au même panthéon des coutumes respectables, la main coupée des voleurs au Moyen-Orient, la détention arbitraire et illimitée en Union soviétique, les enlèvements en Colombie ou en Argentine, les mutilations d'enfants en Inde, leur prostitution aux Philippines, l'infanticide féminin en Chine.

Est-ce que cela nous ferait plaisir que des étrangers en visite en France rangent sous le mot de culture nationale, à côté des vins de Bourgogne, de la Comédie-Française et des jardins de Le Nôtre, les femmes battues, qui se comptent par milliers sinon par millions, l'avortement, et ce beau fleuron des années 80 qu'est le minitel rose ?

Ce prétendu respect de la culture traduit bien plutôt l'irréductible mépris que nous conservons envers des peuples auxquels nous prêtons pour expressions des actes sauvages, que l'on retrouve partout, sous d'autres formes, parce que partout l'homme frappe la femme, l'enfant, le faible, le minoritaire. Rien de moins culturel que cette propension de nature, rien de moins particulier que ce vice universel.

Toutes les cultures du monde sont, justement,

l'effort pour arracher l'humanité à ce grand fonds barbare dont aucun peuple n'est encore entièrement et durablement dégagé. Les cultures sont nées du sentiment tout humain d'un vertige et d'une impression d'étrangeté vis-à-vis du monde, peut-être d'un sentiment de mériter mieux que la souffrance et la mort. Et elles sont, à ces injustices, les réponses magnifiées d'un amour.

(Février 1989.)

42

Le songe de Léonard

Aucun tableau au monde n'a été aussi passionnément scruté que la *Joconde,* et l'on n'a pas fini de s'interroger sur l'identité du modèle ni sur le mystère prêté à son sourire. Est-ce cependant raison de négliger le paysage qui, derrière la Monna Lisa, palpite ? L'artiste a travaillé, dit-on, quatre ans à son œuvre. Le portrait est son métier, le modèle, peut-être son amour. De cette double injonction, et des contraintes où oblige ce visage réel, on dirait qu'il se délivre, en cédant, une fois la tâche accomplie, aux ivresses qu'autorise l'importance du décor : dans des formes de rocs et de lacs éclate l'étrange songe d'un monde intérieur.

Le regard ne s'attarde pas dans le bas du tableau : le mur devant lequel se tient la jeune fille, unit sa masse sombre au buste du modèle. Mais à hauteur des épaules, commence un ocre paysage, au relief accidenté, que parcourent des efflorescences de roches. Pas de maison, pas de clocher, rien qui indique ici un quelconque séjour des hommes. La seule trace d'une présence humaine est d'un côté un chemin sinueux, de l'autre, les arches d'un modeste pont jeté sur la rivière. Ces discrets ouvrages accentuent le caractère désertique d'un endroit où l'on ne fait que passer. L'œil suit le conseil, il va.

À gauche, le sentier débouche sur les eaux grises d'un lac, striées par les ombres de rochers en surplomb. Des chevauchements de pierre, des crinières, de farouches encolures, des museaux difformes dressent au-dessus de l'onde le sursaut de leur colère pétrifiée. Une violence préhistorique barre le regard, qui s'est fourvoyé.

Il faut tourner bride. Revenu à droite, du côté où se relèvent les lèvres de Monna Lisa, il remonte le cours limoneux de la rivière, se faufile, de gradin en gradin, parmi les éboulis de pierres, parvient enfin au rebord d'un second lac, si élevé au-dessus du premier que l'on se demande en vain comment les deux moitiés du paysage se rejoignent derrière la tête de la Joconde.

C'est un autre monde, immatériel, immensément recueilli, vers lequel le sourire et le mouvement des yeux subtilement nous font signe.

Le lac d'altitude s'irise à peine de quelques lueurs. Mais les malédictions de l'ombre et de l'obstruction sont vaincues. D'autres rochers s'élèvent, ils n'enténèbrent ni ne ferment plus rien. Leur ombre dessine un cerne, suggère une transparence, laisse intact le miroir des eaux. Ici des portiques creusés dans leur masse forent un passage solennel ; là, diaphanes, pressés comme des caravelles tremblantes sous le vent du départ, ils dardent vers le ciel un balancement de voilures.

Entre ces deux rivages purifiés, s'ouvre une brèche, où l'eau et la lumière confondent leur or, et ensemble s'éloignent vers l'immensité.

Qu'expriment ces espaces que nul avant Léonard n'avait jamais vus ? Est-ce un dieu qui accueille l'homme voyageur dans son ciel définitif, est-ce la joie d'une intelligence parvenue au faîte de sa méditation ou de ses conquêtes ? Est-ce l'enfance retrouvée, embellie par les lointains du souvenir ? Nul ne peut dire. Mais un rêve humain commence là, à hauteur des yeux et du front pur, et ses aubes sont plus belles encore que les collines de Florence, aux premiers rayons du jour.

(Avril 1989.)

43

Œuvre pie

Elle arrive un beau matin, comme par inadvertance, à l'heure du déjeuner, effrayée mais pas anorexique. Je dépose des miettes sur le rebord de la fenêtre ; elle s'en va les consommer une à une dans le feuillage de l'arbre voisin.

Les agapes achevées, je n'y pense plus, sauf à la retrouver ensuite à l'étage, faisant sa sieste sur mon bureau.

C'est une pie, un vrai oiseau des îles, avec sa longue queue effilée, mais pour les couleurs, elle a gardé l'austère parti du noir et blanc, qui fait habillé. On n'est pas du cinquième arrondissement pour rien. D'ailleurs, je n'y regarde pas de trop près. C'est plutôt un vieux noceur tombé dans la débine, encore et toujours à se gratter ; les grandes pennes ont l'air rapiécées et le jabot a besoin de la blanchisseuse.

Tu y tiens ? Je t'adopte. La fenêtre restera ouverte. Paris t'appartient, où tu es un oiseau rare. Mais tu en as assez de bourlinguer. Tu t'installes chez moi, entre le bureau, la terrasse et l'arbre. Prudente le premier jour, rassérénée le lendemain, et les jours suivants franchement culottée. À l'aube, tu déboules dans la chambre, avec une envergure exagérée, oiseau à la Hitchcock, tu réveilles les paresseux en leur donnant des coups de bec dans l'oreille, et en les régalant d'une petite conversation chuchotée. Dans le *mezza voce* tu excelles, je ne connaissais chez ta race que la cascade d'un rire sec. Ton vocabulaire décidément est riche.

Tu ne me quittes plus. Perchée au-dessus de la terrasse, dans l'arbre, la queue tombant en oblique, comme on en voit sur les vieilles mosaïques romaines ; tu te dégourdis avec des visites en piqué, ou bien sur tes deux pattes, tu cours sur mon bureau, ouvres un tiroir, tires les crayons, les fais rouler, mordilles la mine, t'en vas les cacher, parfois dans ma manche, puis, goguenarde, tu reviens pour une séance de face à face : pas très facile pour toi, car tu es obligée de tourner la tête à droite et à gauche pour vérifier que c'est toujours la même personne. Je scrute le petit acier bleuté de ta prunelle, je caresse ton bec en manche de parapluie ; tu l'ouvres pour me faire admirer ta belle langue en triangle, grosse bête, tu l'as tachée d'encre verte. Puis tu sautes sur mon épaule, ta tête s'enfouit sous l'aile ; je te regarde en coin. Tu es devenue une boule de poils tiède qui se gonfle régulièrement.

Je t'aime, ma vieille, je passe sur tes lubies et la nécessité de t'escorter avec un chiffon. Cela t'est bien égal, le dérangement, tu règnes sur mon cœur, sur ma table, sur mes convives (mes amis sont tes amis), sur l'arbre dont tu as licencié tous les pigeons, avec une tolérance pour les moineaux. Et à l'aube, j'attends le bruit mécanique de tes ailes et le tour de crécelle qui signale ton arrivée. Nous nous entendons comme larrons en foire. Larron, cela te va bien. Tu as dépareillé un jeu de cartes, chapardé une perle, trois crayons et emporté une page qui m'avait coûté sang et eau.

Et puis, ces jours-ci, tes visites ont été plus tardives, tu n'as plus voulu coucher au-dessus d'une porte, comme tu le faisais, tu as raréfié tes séances de pique-assiette. Le soir où il a tant plu, j'ai fermé la fenêtre sans y penser. Au matin, j'ai entendu ton ricanement de sorcière, mais abrégé. J'ai ouvert. Tu n'étais plus là, je ne t'ai jamais revue.

Nous sommes le 9 juillet, dimanche. Ciel ! Je m'étais fait un devoir d'écrire sur la Révolution, comme tout le monde, cette semaine ; je vais m'attirer des réprimandes. Pardonnez-moi, lecteurs, je travaille de mal en pie…

(Juillet 1989.)

44

Bonjour, mon cousin

Souvent on entend dire que nos familles se sont repliées sur elles-mêmes et n'admettent plus, dans leur enclos étroit, que les parents et les enfants. Cela ne fait parfois que deux personnes ! Et l'on évoque avec nostalgie des maisonnées qui naguère abritaient une vaste parentèle, comme on en voit dans les tableaux de Greuze, avec plusieurs couples, des vieillards, des enfants, des célibataires, des servantes et, dans les coins, des chiens et des poulets.

Il se trouve que ce modèle généreux n'a jamais vraiment répondu ni au vœu ni à la réalité de la famille occidentale.Celle-ci, très tôt, avec l'appui de l'Église, a favorisé le couple aux dépens de la tribu. Le langage qui, comme le calcaire provençal le fait des poissons, garde les fossiles des mœurs, atteste la persistante tendance à protéger l'intimité des foyers : il désigne d'un mot les personnes uniques, père, mère, femme et mari, c'est sans équivoque. Mais il n'emploie aussi qu'un mot pour nos grand-mères, qui sont pourtant deux. Un mot encore pour nos oncles qui occupent des places différentes selon qu'ils sont les frères de notre père ou de notre mère ou les beaux-frères de ceux-ci, et cela fait, sauf erreur, quatre variétés d'oncles.

Plus la parenté s'éloigne, plus le langage devient rétif et paresseux. Sa négligence est particulièrement déplorable avec nos cousins, dont il fait un scandaleux méli-mélo : les degrés d'éloignement, l'appartenance à la lignée maternelle ou paternelle, les générations surtout, tout est confondu. Mon cousin a aussi bien l'âge de mon grand-père que celui de mon petit-fils. Et quel gâchis avec le beau-père ou la belle-mère que je me donne en me mariant ou que me donnent mes parent en se remariant !

Il est des sociétés différentes des nôtres, situées loin du monde industrialisé, et que l'on dit « traditionnelles ». Elles passionnent les ethnologues à qui elles fournissent d'incomparables renseignements sur les structures de la parenté. Pour comprendre les systèmes domestiques, il faut aller à l'autre bout de la terre. Mais le voyage en vaut la peine. On y voit des peuples qui ont plus de cent mots pour nommer les cousinages. Un terme, à lui seul, vous montre immédiatement où, dans l'arbre familial, perche tel ou tel.

Nous autres avons pris pour pivot la cellule conjugale. Nous nous contentons donc de peu de mots pour suggérer un entourage maintenu dans le flou artistique. Le vocabulaire reflète les mœurs, et il ne faut ni s'étonner ni s'indigner d'une intimité des ménages qui commande nécessairement leur petitesse. Ce choix est porté par une longue tradition. Il constitue notre originalité et à bien des égards notre chance, car ainsi l'amour est-il un sentiment libre.

Or, il apparaît bien qu'en cette fin de siècle, cette précieuse conjugalité est à son tour critiquée et affaiblie, comme on le constate dans le dédain du mariage ou dans sa soudaine friabilité. L'expression « consentement mutuel » évoque, dans l'esprit de nos contemporains, plutôt la commodité d'un divorce que la bienheureuse victoire de l'amour personnel sur les pressions du groupe : c'était jadis la définition du mariage…

Que sera donc la famille demain, si elle n'est ni communautaire parce qu'elle ne l'a jamais été, ni conjugale, parce qu'elle ne veut plus l'être ? Cela s'appelle scier la branche sur laquelle nous sommes assis. Tomber d'un cerisier passe encore. Mais d'un arbre généalogique !

(Décembre 1989.)

45

La greffe

Il avait vingt ans. Il s'est écrasé contre un platane avec la voiture qu'il étrennait, et il est mort à l'hôpital. Les médecins qui avaient fait l'impossible pour le ranimer, ont demandé à ses parents, lorsque l'irrémédiable s'est produit, s'ils acceptaient que l'on prélève les reins du jeune mort, afin de sauver un malade dont la survie était problématique. La loi autorise le prélèvement, mais l'équipe préfère, par respect, consulter la famille. Les parents, affolés de douleur, refusent. Mais le lendemain, ils se sont ravisés. Ils acceptent l'intervention. Hélas, le temps a passé ; l'organe s'est détérioré.

Il faut comprendre le désarroi des familles. Leur enfant, jeune et sain, est subitement arraché à la vie. L'idée qu'un bistouri tranche à nouveau dans ce corps abîmé leur fait horreur. Ils sont seuls, sans conseil, sans jamais avoir pensé à un tel choix. À peine ont-ils entendu parler des greffes.

Car cette technique n'en est encore qu'à ses débuts. Elle se développe. On transplante aujourd'hui de plus en plus d'organes. Rein, cœur, moelle osseuse, foie, pancréas, bientôt neurones. Le public n'a pas encore eu le temps de réfléchir à la nouvelle et insolite solidarité qu'elle instaure, où les morts viennent au secours des vifs. Car des milliers de malades, et parmi eux un grand nombre d'enfants, attendent, en France, ces greffes qui leur permettront de mener une vie quasi normale, ou les feront échapper à la mort.

Vu l'urgence et l'importance des enjeux, la loi a donc prévu que le prélèvement pouvait s'effectuer, à condition que le défunt n'ait pas fait valoir antérieurement son opposition. Mais beaucoup de médecins estiment que cet accord, interprété à partir d'un silence, ne suffit pas et ils se croient moralement tenus de solliciter l'avis des familles. Il importe donc que celles-ci aient déjà médité sur cette forme de service, triste mais généreux, afin de ne pas, éventuellement, donner un accord qui, trop tardif, est aussi stérile qu'un refus. Chacun de nous devrait même songer, en cas de malheur, à l'ultime geste d'entraide qu'il pourrait ainsi accomplir. Déjà, en Amérique du Nord, les documents officiels, permis de conduire ou carte de groupe sanguin, portent mention de l'accord donné au prélèvement.

On devine l'objection : si l'on trouve dans les papiers de l'accidenté un tel consentement, ne conclura-t-on pas un peu vite – car on n'a pas assez d'organes – qu'il est mort ? Non. Car la loi, déjà, permet les transplantations, même sans accord explicite. Et le besoin d'obtenir un consentement personnel ou familial traduit une délicatesse supplémentaire qui est le contraire d'une désinvolture. D'ailleurs, la définition de la mort, qui change tous les vingt ans, gagne en précision et en rigueur : jadis l'absence de buée sur le miroir, puis l'arrêt présumé des battements du cœur indiquaient le décès. Aujourd'hui celui-ci est déduit de cinq critères obligés, dont le plus décisif est la mort du cerveau, constatée par deux électroencéphalogrammes plats.

Peut-être objectera-t-on encore que l'homme est traité en chose, du moins le donneur. Ce serait vrai si les organes étaient pris sans autre forme de procès. Subordonnés à un consentement, ils ne sont pas pris, ils sont donnés. Ils deviennent l'expression d'un acte libre, le dernier, d'un homme ou d'une femme. C'est du sein de la mort, affirmer encore la vie, et au destin qui a tout saccagé, répondre par une offrande salvatrice.

(Mars 1990.)

46

Le mois de Marie…

Il y a dans l'Évangile une parole sur Marie qui étonne. Quand les parents de Jésus, leurs Pâques achevées, cherchent leur enfant parmi la caravane de retour et ne le retrouvent qu'à Jérusalem où ils sont remontés après trois jours d'angoisse, ils lui demandent la raison de son attitude, et Jésus leur répond : « Pourquoi me cherchiez-vous ? Ne saviez-vous pas que je dois m'occuper des affaires de mon Père ? »

Luc conclut l'épisode : « Et eux ne comprirent pas la parole qu'il leur disait. » La phrase est pourtant nette ; la seule équivoque porterait sur le « Père » : est-il Joseph ou Dieu ? Mais il est invraisemblable qu'ils se trompent, Marie surtout, « bénie entre toutes les femmes », dont on nous a dit de surcroît qu'elle « gardait toutes ces choses en son cœur » ! Elle sait bien que le Messie dont elle est inoubliablement la mère « se doit aux affaires » de Dieu : le Messie qu'elle a conçu, porté, élevé est celui que tout son peuple attend avec elle, roi plein de puissance. L'ange lui a dit qu'il serait grand et occuperait à jamais le trône de David ; Jean-Baptiste a tressailli, Élisabeth l'a célébré. Sa naissance a illuminé la nuit d'hiver, bergers et mages sont accourus, les vieillards l'ont loué, puis l'enfant a grandi en sagesse et force, et la grâce de Dieu a été sur lui, et maintenant il ébahit les docteurs et confirme lui-même sa messianité ! Ce fils n'a jamais trahi l'espérance que tous ont fondée sur lui. Alors, qu'est-ce qu'elle n'a pas compris ?

Presque rien. Mais ce rien est capital. Ce qu'elle n'a pas compris prouve à quel point elle commence à le comprendre. Car quelque chose lui échappe dans cette trop claire réponse, et qui trahit soudain l'idée d'un Messie couvert de gloire. Ce n'est pas le « mon Père » qui est ambigu, c'est le « il faut », que Jésus répétera pour annoncer sa Passion. Il n'en dit pas plus, mais la syllabe terrible est lâchée et Marie a dû frémir : ce n'est pas là parole d'un seigneur tout-puissant, c'est un mot couronné d'épines, un mot flagellé. La réponse de Jésus ne ressemble plus tout à fait à ce qu'ils savaient de lui ; sa trop belle et trop simple image commence à se ternir.

Il y a dans ce récit d'enfance un détail merveilleux et intraduisible. On sait que deux fois

Luc dit que « Marie gardait toutes ces choses en son cœur », d'abord après les louanges des bergers, ensuite après l'épisode du Temple, où sa joie reçoit blessure. Or nos traductions n'y regardent pas de si près. Les deux fois où Marie « conserve » ses souvenirs, elles utilisent le même verbe. Le grec, qui est la langue d'origine, reprend lui aussi le radical qui signifie « garder », mais il en module le sens en faisant jouer deux préfixes différents.

À Noël, Marie garde toutes ces choses à la fois. Ce n'est pas difficile, tout s'accorde dans le même témoignage de gloire, sans une ombre.

Douze ans plus tard, l'image reçoit sa première entaille avec « il faut » ; plus moyen de conserver paisiblement tout à la fois. Le *syn-* qui impliquait la cohérence des pensées se change en un *dia-* qui offre le sens contraire et exprime la division jetée dans le souvenir où l'heureuse assurance se colore maintenant d'un pressentiment douloureux. Et Marie conserve néanmoins cette mémoire déchirée, aussi fidèlement qu'elle la gardait au temps de son intégrité.

J'aime cette constance du cœur maternel si finement comprise par Luc dans le jeu des préfixes *syn-* et *dia-* et je dépose, en ce joli mois de mai, mon brin de muguet aux pieds de Marie, qui se souvient dans l'harmonie et dans la contradiction.

(Mai 1990.)

47

Deux gloires

Le numéro 11 de la rue de Solférino à Paris (7e) porte une plaque : « Ici demeura le chirurgien Félix Terrier (1837-1908). » La maison, bâtie en pierres de taille, est munie de fenêtres à balustrades et d'éléments décoratifs qui l'apparentent à un temple grec. La maison contiguë offre moins de distinction avec ses balcons étroits. Elle porte aussi une plaque : « Ici est tombé le 22 août 1944 Charles Boehm, mort pour la France. »

Ainsi Félix Terrier et Charles Boehm sont voisins. Deux verbes très évangéliques résument sur leurs plaques les réponses divergentes que le destin accorde aux vocations humaines : l'un est né pour tomber, l'autre pour demeurer. Il n'y a de l'inégalité que dans la gloire. Félix Terrier a trouvé la sienne dans la science, les honneurs, l'académie, la fortune ; Charles Boehm a ramassé sa part sur le pavé parisien qu'il a taché de sang.

Faut-il que son bistouri ait été habile pour que le chirurgien de la Belle Époque ait pu demeurer dans cette maison cossue, et qu'on ait jugé bon que la postérité en soit informée ! Les plaques dites commémoratives excitent plus l'imagination que le souvenir. Avec le chirurgien, cette faculté est aidée : le standing qui l'a mis rue de Solférino lui a aussi octroyé une rubrique dans les dictionnaires : « Félix Terrier, chirurgien français, propagateur de l'ovariectomie ; il laisse également des mémoires sur la chirurgie des voies biliaires, le traitement des hernies, l'ostéomyélite, etc. (Académie de Médecine 1890). »

Cependant sa maison en dit plus que le Larousse. Derrière les épais rideaux, je devine de grandes pièces lambrissées, une cameriste empressée, une bibliothèque austère, tapissée de reliures sombres et un vaste bureau derrière lequel, solennel, posé, le praticien considère ses clients dont l'effarement redouble le respect et les maux de ventre.

L'obscur combattant, à côté, celui qui est tombé, n'a pas eu le temps de demeurer ni d'inventer quelque chose qui le mette dans le dictionnaire. Il donne, lui, dans l'abrégé. Sa jeune vie (je dis jeune comme ça, au jugé, ce genre de vocation, en 1944, étant plutôt juvénile) n'a pas de place pour le moindre etc. Avait-il des amours, une fiancée ? Rêvait-il d'être sculpteur, évêque, cuisinier ? Allez savoir. La plaque reste muette. On ignore qui il est, et qui il aurait pu être. Au nom près, c'est un soldat inconnu, dont le sort, condensé dans l'invariable « mort pour la France », est celui de milliers et de milliers de garçons de son âge.

Tout ce que l'on sait de lui, c'est que sa vie s'est prise comme une mouche dans les mailles de la barbarie. Charles Boehm a fait de la guerre son affaire personnelle, et elle le lui a bien rendu : une balle dans la tête. Il est tombé à deux pas de l'endroit où l'éminent chirurgien avait demeuré, devant le numéro 9, qu'il n'habitait pas, où il s'était posté sans doute par hasard, en franc-tireur, et c'est là qu'il a rencontré la France, et posé un baiser sur son front de bitume.

(Juin 1990.)

48

L'instituteur

Il arrive aux instituteurs la même chose qu'à cinq départements français naguère : ils se font revaloriser par un changement de nom. Mais si la Seine-Inférieure a embelli en se rebaptisant « Seine-Maritime » et si un autre département a converti sa bassesse en altesse en passant de « Basses-Alpes » à « Alpes-de-Haute-Provence », l'instituteur gagne surtout de la banalité en devenant professeur.

Des raisons d'égalité commandent que tous les personnels de l'Éducation nationale portent le même titre. L'instituteur était, paraît-il, injurieusement séparé de ses collègues du lycée ou de l'université. L'assimilation, cependant, est douteuse.

D'abord, l'égalité des noms existait déjà, puisque le terme d'enseignant désigne communément tous les membres de l'Éducation nationale. Ensuite la différence abolie réapparaît aussitôt, puisqu'il faut compléter le terme de professeur par le lieu où il exerce, professeur d'école, de collège, de lycée, de faculté. Dis-moi où tu es, je te dirai qui tu es. Le mot école, à moins qu'à son tour on lui change son nom, désignera le bas d'une hiérarchie.

Le mot instituteur, lui, louait le plus noble des métiers. Comparez-les : le professeur n'est rien d'autre qu'un homme qui parle. L'instituteur est un homme qui à la fois élève un enfant (Montaigne parle de « l'institution des enfants »), donne une légitimité (qui paraît dans le mot : institutions), jette des fondements sacrés (comme l'on dit du Christ instituant l'Eucharistie). Ni par son image ni par sa fonction, l'instituteur ne se compare à ceux qui enseigneront après lui, fournisseurs d'un savoir spécialisé, pour des esprits déjà triés.

Lui, tous le connaissent et il connaît tout. Les enfants du pays passent par ses mains, tous, et il incarne la science entière. Les rois capétiens, les pluriels en *x*, le tracé des grands fleuves, c'est lui qui les enseigne et auprès des enfants, semble même les instituer. Par lui, le monde se découvre comme une régularité et il révèle un monde d'abord beau. Il donne aux enfants ces biens premiers, comme s'il jetait sur une table simple le pain et le vin. Les phrases, la raison des climats, les nombres et leurs cabrioles à travers les quatre opérations, les vérités éternelles des proverbes :

l'univers devient, sous une telle férule, un livre merveilleusement ouvert, et expliqué. Jusqu'à ce geste solennel quand, au matin, il inscrit au tableau la date d'un jour qui ne commencerait peut-être pas sans son décret.

Homme de tous les pouvoirs, homme de tous les savoirs, on l'appelle le « maître », titre qu'il ne partage qu'avec les notaires, les artistes et les avocats, parce qu'il tient un peu de cette trinité ; retenant comme les premiers, par son ordre et sa minutie, le désordre toujours renaissant, apprenant, avec les seconds, à composer les pensées, et plaidant comme les troisièmes, infatigablement, la cause des vivants et des choses.

(Juillet 1990.)

49

Les lycéens et l'amour

Nulle part je ne rencontre les grands élèves de nos lycées sans entendre l'éloge de l'union libre. Une majorité parle. Les autres n'ouvrent pas la bouche. Il paraît que l'amour rend l'institution caduque, et il est meilleur s'il ne compte que sur lui-même. Mai 68 a remporté dans son reflux la grande nappe de ses croyances ; il en a oublié une, celle-là qui s'est pétrifiée et que l'on répète invariablement.

J'avoue ne trouver dans cette sorte de déclaration que l'art d'abaisser ce que l'on veut exalter. Car c'est allouer à l'amour une seule expression, la confidence ; une seule résidence, le privé ; un seul instrument, l'effusion. Reste-t-il grand l'amour qu'encerclent de telles restrictions ?

D'abord il se vante de pourvoir à tout, ce qui contredit l'idée de l'amour, toujours inquiet de soi et en quête d'autrui. Ensuite il se confine en lui-même, indifférent à ce dont il n'est pas l'auteur. C'est immanquablement s'appauvrir : le sentiment détruit une loi qui, elle, ne détruisait pas le sentiment. Quelle perte en effet ! L'amour ne dit pas la même chose dans l'intime aveu et dans la régularité d'un acte officiel. Là, il chante la sincérité, ici, il se place sous une égide civile et religieuse qu'il est loin d'égaler, en ses jeunes balbutiements, et qui ose l'inviter à la permanence des élans et aux générosités de la vie quotidienne. Ce programme déplaît-il ?

En outre, nos jeunes ménages n'inventent rien. L'amour existait avant eux, et l'institution qu'ils fuient fait mémoire de la longue généalogie dont ils sont un maillon, quoi qu'ils pensent, et qui a forgé leur famille et affiné leur art d'aimer. Elle modère l'illusion désobligeante d'un amour premier du genre, et rappelle ces cœurs embrasés à plus de reconnaissance et d'humilité : ils sont des héritiers, pas des messies tombés du ciel. C'est autant de gagné du côté de l'humour.

Quelle misère, me dit-on aussi, que de nous lier et nous prendre au piège d'une intimité forcée ! Non. La loi ne nous lie pas pour nous empêcher de nous délier puisque le divorce est admis ; elle nous lie pour manifester publiquement notre union. Une vérité dont on ne rougit pas demande à être ébruitée. Pourquoi priver le monde de la

Bonne Nouvelle dont il a soif, sauf à admettre qu'elle n'est pas si bonne ? Quand Caïphe demande à Jésus de lui confier en tête à tête le contenu de son message, le Seigneur l'éconduit : sa doctrine, n'étant pas secrète, ne peut être que lancée à tous les vents.

Et s'il est vrai que la loi attache d'un nœud plus robuste qu'un simple aveu, je déclare que ce nœud n'est pas privation mais accroissement de la liberté : il affranchit du poids trop lourd d'un sentiment hypothétique, comme dirait Kant, et lié à une condition : « Je resterai *si* je t'aime encore. » La loi arrache à l'« hypothétique » et introduit dans le « catégorique » : « Je resterai toujours. » C'est dit. L'amour sort de l'hésitation et entre dans la résolution. Il avance dans la vie, loin d'y piétiner et, libre, se donne à toutes les tâches qu'il ne manque pas de se distribuer et qui sont les indices, les vrais ceux-là, de sa grandeur désirée.

(Juillet 1990.)

50

Une question de principe

Souvent, dans une réunion où l'on débat d'un grand problème de société, on voit se dresser un interlocuteur indigné : « Ne cédons pas ! C'est une question de principe ! » Un silence respectueux suit généralement cette déclaration solennelle, où luit manifestement une exigence morale supérieure. Vous avez donc, monsieur, invoqué les principes, ces vérités premières qui distinguent le mal et le bien et constituent la morale. Mais la morale est-elle seulement ce catalogue d'axiomes auxquels tous consentent à moins d'être des brutes ? De plus en plus souvent elle se présente sous la forme de problèmes où les valeurs sont brassées à des circonstances et des personnes singulières. La géométrie et le caractère d'autorité ne suffisent plus : il faut trancher dans des situations contradictoires, incertaines, confuses, inédites, poser des décisions frappées d'ambiguïté, où le bien et le mal s'interpénètrent inévitablement. Vous avez dit principe ? Mais le principe nous dit-il s'il faut réanimer ce prématuré promis à d'effroyables dépendances, prolonger cette agonie, tenter cette expérience ? Ces questions ont besoin de calcul et d'être étudiées au cas par cas, selon des données variables et au nom de ce que l'on croit « raisonnable » et qui est la modeste figure du bien.

« J'en fais une question de principe ! » Et pourquoi ne dites-vous pas avec la même passion : « J'en fais une question d'humanité ! » La question la plus éthique que puisse se poser la conscience dans un monde raidi par la dureté est celle-ci : comment faire pour aider les gens à moins souffrir ? Et la réponse est la sollicitude. Je ne crois pas que le Christ ait fait autre chose. A-t-il dit à ses souffrants : « Tant pis pour vous ! Supportez vos infirmités, sans les aggraver par votre révolte » ? Il a guéri et renvoyé en lançant la plus sobre profession de liberté qui soit, ce « va » magnifique, des aveugles et des paralytiques et des femmes blessées qui n'allaient jamais.

La morale est une corde faite de trois brins : le principe qui éclaire la conscience, le calcul qui démêle les complexités du réel, la compassion qui se dévoue aux personnes. Ôtons-en un : elle s'effiloche. Sans le calcul, l'action est ignorante, étourdie, et, en dépit de ses bonnes intentions, commet faute sur faute. Sans le principe, elle sert aveuglément toutes les requêtes sans examiner si, sous la plainte, ne se cache pas la volonté plus ou moins consciente de nuire à son tour. Sans la compassion, elle broie l'homme dans l'étau de principes désincarnés, humilie sa conscience, récuse sa liberté, en un mot change le sabbat, cette loi du bonheur, en la plus corvéable des journées.

(Septembre 1990.)

51

Un cimetière

La porte en vieilles planches raclées par les intempéries résiste à cause des herbes qui envahissent l'entrée. L'enclos est ceint de murets de pierres moisies et se serre contre le flanc de la dernière maison. C'est là que le village enterrait ses morts. Peu de stèles, irrégulières, distraitement plantées sur un tapis de graminées. Mangées de lichen, usées, elles ne livrent plus qu'un mot, un chiffre, ici et là : Sophie… née… 1801.

Il est vain d'accuser nos congénères de craindre la mort et d'en fuir les signes, en chassant loin des villes les malades, les vieux, les rites. Ce n'est pas de leur faute si elle est chez eux devenue absurde. Dans ce cimetière pourtant abandonné flottent encore des voix familières et comme un air de

« coin du feu ». En ce temps-là, les vivants gardaient leurs morts auprès d'eux, choyaient ces gisants en attente, faisaient un peu de ménage parmi les fleurs, perpétuaient avec eux des rapports domestiques sur un fond harmonieux de murmures et de propreté, ils les gardaient, en un mot, proches et solitaires.

Qu'était-ce mourir pour les anciens ? Déjà Montaigne notait que les paysans de sa Gascogne rendaient l'âme avec plus de courage que les magistrats de Bordeaux. La terre n'effraie pas celui qui sans trêve la retourne avant d'y retourner lui-même. Il a pétri sa farine légère, a humé sa pâte odorante comme le pain, où dorment les semences avant la grande rédemption du printemps. Pour lui, elle respire le travail et la probité. Comment n'aimerait-il pas cette terre qui confond la tombe et le berceau, apparie sans cesse la vie à la mort, garde la saveur de la mémoire et a engrangé tant d'amours anciennes ?

Dans ces pays où les générations restaient immuablement attachées au même sol, mourir, c'était rejoindre plus d'amis que l'on n'en quittait. Sous la terre, le défunt retrouvait des coude à coude interrompus, tandis que s'élargissait dans l'ombre le cercle de la famille. Qui aujourd'hui a gardé contact avec l'ancêtre et avec le sol ? Chacun meurt où il peut, au petit malheur si l'on peut dire, anonymement, dépouillé le plus souvent d'espérance religieuse, navré par ce scandale où de plus sages voyaient une loi utile pour la vie ;

séparé des vivants par la mort, et des morts par la vie, véritablement « disparu », dans ces grands cimetières urbains qui ressemblent aux banlieues où s'entassent les vivants, en côtoiements impersonnels, indifférents : l'effet de foule joue dans ce désert, décourageant le passant de lire les noms et de rêver à des bribes d'existence. Et puis le bitume a étouffé la pulsation vivante de la terre et nous a fait oublier sa présence, aimée, vitale, intime. Et comme la plupart n'ont plus souci des leurs, de leur vivant même, et de ceux qui les précèdent moins encore, ils ne songent pas à ces ralliements définitifs au fond des provinces, dans des coins de terre étroits mais possédés de droit immémorial.

Le petit cimetière de Cabrillac (Gard), à 1 300 mètres d'altitude, ignore ces malfaçons. Le village s'est vidé de ses habitants, mais lui a appareillé vers quelque légende de bois dormant, et les vols d'abeilles, les tiges courbées par le vent, le grand ciel du matin, la muette invocation des stèles témoignent toujours que la vie est là, la douce vie.

(Octobre 1990.)

52

L'homme et l'enfant

L'évolution de nos mœurs, en vingt-cinq siècles, étonne parfois par son incapacité à évoluer. Cette constance s'observe, entre autres, dans le regard que la paternité à toute époque pose sur l'enfant. En voici plusieurs exemples. Quand les savants de l'Antiquité essaient de se représenter l'embryon, ils imaginent qu'à peine conçu, celui-ci est déjà entièrement constitué, homme fait mais modèle très réduit, l'*homunculus.* Il ne lui manque que de grandir, presque rien en somme.

Il n'y a guère plus d'un siècle que l'usage a renoncé à faire travailler l'enfant, dès que ses bras le lui permettent ; c'est donc à sept ans l'usine, l'atelier, les champs. Quant aux filles, mariées à peine sorties de l'enfance, bientôt mères, à moins que l'on ait besoin d'elles à la maison ou à l'atelier. Précoce adulte, dans la gloire et la misère.

Freud advient ; il découvre en l'enfant les passions qui se déchaînent dans la force de l'âge : l'attirance vers le parent de sexe opposé, l'humiliante épreuve d'un rival, et d'un rival heureux, des pensées de meurtre. Le tout-petit invente seul, comme un grand, le théâtre des amours contrariées, poignard en main, s'il vous plaît.

Enfin, la convention récente des droits de l'enfant cultive l'image d'un petit citoyen, né tout armé du crâne de Minerve, et le dote des droits d'association, d'opinion, et autres marques d'autodétermination.

De corps, de métier, d'âme et de statut, l'enfant a toujours été irrésistiblement tiré vers un âge qui n'est pas le sien. D'où vient cet anachronisme perpétuel, cette inconsciente manie de voir un homme dans un enfant ? Est-ce que celui-ci n'intéresse personne ou que, pour s'intéresser à lui, il faut le présenter en homme fait ? À moins que dans une société toujours marquée par le dogme masculin, cette manière de vieillir l'enfant ne vienne du regard immémorial que les hommes appuient sur sa jeunesse. Les sociétés ont toujours attribué au père un rôle d'initiation à la vie adulte. C'est lui qui conduit son fils de l'enclos familial au grand large social, l'aide à s'intégrer dans le monde des pensées mûres et, devant le nouveau-né, rêve d'un égal.

Si donc biologiquement, professionnellement, psychologiquement, politiquement, on avait confié aux femmes le soin de dire qui était l'enfant, elles auraient sans doute respecté davantage le fugitif miracle ; elles n'auraient pas jugé cet âge insignifiant, indigne ou annonciateur d'un avenir qui fait bomber le torse aux parents ; elles n'auraient pas vu en lui des biceps, du cerveau, l'éclat rehaussé d'une maison ; elles auraient donné à admirer un tout-petit et non une carrure d'homme, un tendre abandon et non une carrière de fiérot, un élan vers les visages et non une génitalité freudiennement orientée, un espiègle ou un rêveur, mais pas un tâcheron ; et plutôt que ce jeune syndicaliste s'excitant sur son dû, elles auraient parlé d'un bambin qui désire une enfance longue, douce et vraie.

Mais là encore, en dépit de l'expérience que tant de siècles et tant d'assiduité leur avaient acquise auprès des tout-petits, on n'a pas songé à faire appel à leur témoignage.

Même auprès d'un berceau, sois belle et tais-toi !

(Novembre 1990.)

53

Ce tout petit mot

Nous savons peu de choses de la vie de nos grand-mères. Chez nos arrière-grand-mères, ce peu s'effondre en un presque rien. Nous rappelons-nous seulement leur nom ? Quant aux bisaïeules et à de plus haut perchées dans l'ascendance, c'est la nuit totale. Ce furent, n'en doutons pas, de gentes et bonnes dames ; certaines péchaient peut-être par la loquacité que l'on prête aux femmes.

Or des discours tenus à table, au lit, au lavoir, à l'église, aucun écho ne nous est parvenu. Elles se tiennent toutes dans le définitif mutisme. Elles ont parlé, crié, chanté, gémi, se sont livrées aux joies du commérage, elles ont raconté, raisonné, expliqué, plaidé leur cause ou celle des tiers, tancé leurs marmots, hélé leur époux, plaisanté, prié, juré, pas un mot pour nous de leur interminable babil. Rien. Elles se taisent obstinément.

Rien ? Du flot verbal, quelque chose demeure. Une de leurs paroles s'est élevée au rang d'une institution. Elles ont dit oui en se mariant. Nous sommes la conséquence lointaine de ce oui, parole devenue chair. Résultant de cet adverbe, nous en sommes la preuve. C'est tout ce que nous recueillons dans notre filet, le plus menu fretin de tous les mots, qu'elles ont dit ou à peine murmuré, d'une voix si timide que peu l'ont entendue. Or cette unique syllabe presque imperceptible a seule survécu de l'océan des paroles évaporées.

Le langage n'est que de l'air remué. Nous avons beau le charger de nos passions, de nos entêtements ou de nos puissantes logiques et nous époumoner, nous n'imprimons que sur de l'air. Légère vibration. C'est fini.

Serait-ce supportable que les grandes décisions de la vie, et qui l'engagent toute – la plus commune étant la fondation d'une famille – se réduisent à cette haleine dérisoire ? Il faut qu'elles durent ; que quelque chose ensuite sur la terre ne soit plus pareil à ce qui était avant. Cette parole-là qui décrète dans la suite des jours et se donne des conséquences indéfinies, ne veut pas mourir si près de sa naissance. Ce fond de perpétuité qu'elle prétend doit se communiquer à la forme qu'elle prend. Il faut qu'elle s'enlève à sa condition de souffle, à son *flatus vocis*; la parole entend ressembler à son message qui fait des événements. Événement elle-même. C'est tout l'objet d'une promesse.

Elle va donc quitter le lieu où elle se dit, gagner les lointains du temps et de l'espace. Ainsi roulera-t-elle d'âge en âge. La promesse, c'est une parole qui ne meurt pas. Trois caractères assurent sa pérennité : elle est résolument positive, elle fera des actions, aimer, aider, accepter, élever des enfants : elle est tout entière contenue dans un oui. Elle convoque des témoins qui iront répétant ce qu'ils ont entendu ; elle devient elle-même un objet en ajoutant un paraphe sur un registre. Ce n'est plus de l'air, c'est du solide. Il y a de la religion dans la promesse : elle lance la bonne nouvelle d'un oui à la vie ; en ce sens, christique ; mais elle est aussi apostolique puisque entendue et répétée par d'autres, et évangélique, puisque inscrite à l'encre sur des tables.

Écoutons bien, des temps ensevelis dans le silence, monter la délicate rumeur des oui.

(Avril 1991.)

54

L'arbre de Kerguenec

On me dit qu'il a mille ans. L'exploit est rare chez les chênes verts. Mais on lui donne volontiers cet âge. À sa base, démesurée, ce ne sont que renflements et protubérances, comme s'il avait prévu des écrous supplémentaires pour s'amarrer à la longueur des siècles. Puis le tronc gris et tavelé côté est, vert de mousse côté ouest, que cinglent les pluies, monte en oblique, pour éclater en lourdes branches, toutes lancées en un même geste de supplication effarée. Plus haut se déploie l'immense gréement végétal, dans la prodigalité de ses cordages, de ses voilures. Au sommet, des millions de petites feuilles dures et têtues font déferler leur écume verte sur le grand large du ciel.

Il a choisi de représenter l'éternité dans un lieu qui lui-même y aspire secrètement : une des dernières bandes de terre avant l'océan, ceinte de marais salants, avec pour voisinage une chapelle de granit légèrement sa cadette, un étang et sa flaque de ciel bleu, une maison de maître aux pierres grises, de calmes et vertes allées. Le tout héberge en été un Centre spirituel, où les vacanciers viennent penser à Dieu. Je ne m'étonne pas que celui-ci ait aimé apparaître aux hommes dans l'embrasure d'un buisson ou d'un chêne. Le nôtre – dit vert – mériterait bien cet honneur. Il offre du moins un beau plafond aux offices qui se célèbrent, quand le temps le permet, en plein air ou plutôt en plein feuillage.

Mille ans qu'il attend, en proie à ses obscures dévotions. Il en a vu défiler des propriétaires, bottés et harnachés, qui martelaient le sol de leurs naïves semelles. Il a dû frémir de grands rires silencieux en voyant ces créatures avec deux pieds seulement, et tout plats, qui n'avaient pas pris la précaution de s'encâbler à la terre comme lui, et qui, trébuchants, vacillants, rêvaient pourtant de possessions définitives. L'orgueil humain, on sait ce qu'il faut en penser quand on est un chêne vert. Des procès, des querelles mitoyennes, des héritages tempétueux, des babils, des amoureux furtifs sous son ombre, des amateurs de sieste. Le chapeau enfoncé sur le visage, oui, l'humanité, c'est à peu près vu : une pulvérulence légère. Alors, pourquoi ne pas comprendre son élan horizontal comme une grande pitié pour ces grains que le vent dissémine ? Penché sur tant d'existences l'arbre étend sur elles ses puissantes mains : il les protège des ouragans, les enveloppe dans la paix végétale et les bénit. Cet arbre est un veilleur.

(Octobre 1991.)

55

Leur identité !

Cet animateur d'un mouvement de jeunesse me dit avec une pointe de fierté : « Je veux surtout aider mes adolescents à trouver leur identité. » Leur identité ! Je n'entends plus que ce mot ! Que des peuples s'ébrouent, après quarante ans où une règle de fer a nié qu'ils fussent baltes, arméniens ou polonais, rien de plus légitime. La joie d'être à nouveau soi leur restitue leur vieux génie, attesté historiquement par des œuvres et des solidarités, et cette identité ethnique plaide le polymorphisme des cultures, l'affinement des instincts – toujours les mêmes – en styles – toujours variés. Et pourtant des périls accompagnent déjà le privilège rendu : la Yougoslavie y succombe la première, et il est peu probable qu'aucune autre nation ne suivra ce sillage de violence. Le souci de l'identité vire au nationalisme et pointe ses canons vers l'extérieur.

On dira qu'un adolescent n'est pas un État et que sa quête identitaire n'aboutira pas au meurtre de son prochain. J'entends bien. Mais la pédagogie de l'animateur ne laisse pas de m'être suspecte. Qu'est-ce que cette identité cherchée quand elle n'existe pas encore, ou si peu ? L'âme de l'adolescent, comme son corps, est instable, labile, incertaine, imprévisible et en mutation perpétuelle. À quoi bon interroger cet état changeant sauf à cultiver des images de soi qui sont des leurres, des flatteries et des mensonges ? D'un adolescent tout peut être dit, tout est vrai, tout est faux : il est avare le matin, prodigue le soir ; fainéant et acharné ; insolent et déférent, amoureux et sardonique. Son identité tient en deux mots, *tout* et *rien.*

Je crains surtout que cette recherche toute personnelle ne le renforce par trop dans le souci principal du moi et qu'une telle éducation ne finisse par le replier intérieurement, en le détachant du monde auquel il appartient indéniablement. À commencer par soi, il prendra l'habitude de s'ériger en norme suprême et ne supportera plus que les autres ne pensent pas comme lui. Non que notre identité ne soit utile et même capitale. C'est la méthode que je discute, pas le but. L'identité se trouve en se négligeant. Les adolescents ont la merveilleuse capacité d'apprendre beaucoup ; ils détiennent toutes les énergies qu'il faut pour explorer l'infinité du monde, par les voyages, les amitiés, les rencontres, les lectures, les techniques, les arts, la quête spirituelle. Il faut plutôt les encourager à courir à toutes jambes vers d'autres cieux, d'autres peuples, d'autres âmes. Elle viendra, leur identité, non parce qu'on l'appelle, mais parce qu'on l'oublie. L'égocentrisme ne l'engendre pas. Elle n'a qu'une mère, la générosité.

De quoi est-elle faite ? D'un dépôt mystérieux qu'il faudrait déterrer en ôtant de soi tout ce qui n'est pas soi ? Quelle erreur et quelle fausse purification ! Notre identité est façonnée par les autres qui lui donnent d'impérieux rendez-vous. Qui suis-je ? Je suis vous autres. Je veux dire : je suis ce qu'ont fait de moi ces cultures où le peuple philosophe, le grec, le peuple juriste, le romain, le peuple mystique, le juif ont mélangé leurs encres. Je suis ce que j'ai vu, lu, entendu, compris, médité, un modeste creuset où je vois, avec émerveillement, trembler un peu d'humanité...

(Novembre 1991.)

56

Le malheur des villes

Dubrovnik sera-t-elle détruite ? Les canons sont braqués sur elle ; des bombes ont éventré des maisons. Ses défenseurs affirment que la ville, dût-elle crouler, ne se rendra pas. La guerre serbo-croate a déjà accroché de nombreux trophées : Vukovar et son quartier baroque n'existent plus, et combien de villages ont cessé d'être historiques pour renaître sans doute, la guerre finie, en forme de béton, de préfabriqué et d'ennui.

Ceux qui connaissent l'antique Raguse ont en mémoire ses chemins de garde courant sur les remparts, les angles vifs de ses murs, l'enchevêtrement des toits roses au-dessus de la dure ligne de la mer, la géométrie des rues pavées, les subtiles effusions de la lumière sur les grandes places carrées et ces coups de surprise qui saisissent le promeneur devant tant de beautés, menacées de disparaître parce qu'il faut prouver que les Serbes ont raison contre les Croates.

La vulnérabilité des villes est plus grande encore que celle des vies. Un homme peut s'enfuir ou se défendre. Une ville demeure où elle est, entièrement nue, et d'autant plus exposée qu'elle est plus belle, avec ses fins clochers, ses statues et tout l'innocent babil de la pierre sous le ciel pur.

La guerre fratricide s'acharne sur les cimetières, les musées, les bibliothèques, les monuments, effaçant le passé croate. Ainsi s'en vont les trésors dont tous, ensemble, étaient les héritiers. C'est même au patrimoine de l'humanité qu'attente l'armée, et l'humanité, à ce jour, n'a rien fait qui vaille, au nom de ce droit d'ingérence qui est, tout compte fait, d'abord exercé contre elle par ces destructeurs : le joyau des villes n'est pas un bien régional, c'est un bien mondial. Une guerre tribale nuit à l'humanité entière ; un conflit passager conspire contre les siècles et, après quelques jours, ceux qui ont rasé Vukovar ne savent même plus pourquoi ils l'ont fait. Les canons ont raison d'une pensée, d'une foi, d'une grâce, bref de tout ce que l'homme sait faire quand il ne hait pas. Ils enlèvent une attestation du génie humain, ils ajoutent une preuve de barbarie.

Effarante disproportion entre le patient façonnement du style, unique, inimitable, fragile, et ce mufle de la violence qui souffle la ruine, et remplace la beauté par la poussière, irréversiblement.

(Novembre 1991.)

57

La polyphonie européenne

L'Europe, notre patrie. Cette grande mise en commun, si souhaitable politiquement, sauvegardera-t-elle la prodigieuse diversité de ce continent ?

L'unité qui s'installe est renforcée par le développement sans précédent des sciences et des techniques qui, par définition, imposent partout les mêmes produits. Un théorème élaboré à Chicago est compris à Paris ou à Madrid. Un nouveau moteur d'avion, un médicament mis au point par un laboratoire se propagent instantanément dans tous les pays industrialisés.

La question est alors celle-ci : ce double nivellement technique et politique n'aura-t-il pas raison de la propriété humaine à fabriquer de la différence, dont témoigne très anciennement la pluralité des langues ? Ne sera-ce pas partout la monotonie, de Grenade à Oslo, comme aux États-Unis ? Le vieux continent européen a vu fleurir une multitude de styles. Les œuvres des peuples sont localisées : les clochers bretons n'ont rien à voir avec les beffrois hollandais. Elles sont datées : le surréalisme n'est pas le naturalisme. Elles sont surtout personnalisées : Rembrandt n'est pas Rubens et d'ailleurs Rembrandt n'est jamais le même d'une toile à l'autre. La culture est cette aptitude à être différents.

Il se trouve que les Occidentaux combinent excellemment le disparate culturel. Nous sommes faits par trois traditions, trois cités qui ne se ressemblent pas et se sont même copieusement détestées : Athènes, Jérusalem, Rome. Les génies si profondément individualisés de ces trois cités entrecroisent toujours dans nos cultures leurs tendances contradictoires : pragmatisme et idéalisme, sens de la mesure et de l'infini, goût du droit et élan de l'amour, scepticisme et mysticisme, éthique et philosophie, raison et passion, techniques utiles et connaissances désintéressées.

Trinité féconde, source d'oppositions perpétuelles. Ces esprits se mélangent, s'échangent, dialoguent, s'aiguisent au feu de leurs critiques mutuelles, se dérangent les uns les autres, et par conséquent constituent des ordres instables, qui s'effondrent pour laisser place à de nouvelles configurations aussi inquiètes que celles qu'elles ont chassées. Le Romain juge, le Grec médite, le

Juif adore, et derrière eux, l'Orient rêve. Voilà l'Europe, œuvre d'élans et de coutumes merveilleusement désaccordées.

Nous avons toujours vécu dans la diversité. C'est notre manière d'être universels. Puissions-nous ne pas tomber dans l'erreur de confondre l'universalité, qui proclame la fécondité du génie humain, avec l'uniformité qui ne témoigne de plus rien que de l'abolition de tous les styles au profit d'une tyrannie ou d'un ordre abstrait. Le mot de tolérance serait ici trop faible. Il faut exiger que chaque peuple reste ce qu'il est, en résonance, mais pas nécessairement en consonance avec les autres. L'Europe est une musique : qui préférerait le morne unisson aux splendeurs de la polyphonie ?

(Février 1992.)

58

La colombe et le faucon

Si aujourd'hui l'œcuménisme semble souffrir de quelques douleurs articulaires, ce n'est pas que les antiques querelles doctrinales resurgissent, ni que les confessions chrétiennes se recroquevillent chacune autour de son quant-à-soi. Le concile continue à porter ses fruits et les occasions ne manquent à personne de vérifier la compréhension et l'estime mutuelles qui règnent dans la diversité du peuple chrétien. D'où vient la raideur ? De la morale, bien entendu. La même semaine, les évêques irlandais, soutenus par la presse française bien-pensante, accablaient de leurs remontrances la fillette de quatorze ans, violée par le père de sa meilleure amie et coupable d'avortement, après des velléités de suicide. Le crime, pour ces prélats, venait de celle qui avait fait œuvre de mort quand un vertueux monsieur avait fait œuvre de vie, donc œuvre sacrée. Mais du côté protestant, nous avons pu lire, il y a peu dans les colonnes de ce journal, que la cohabitation juvénile était un « fruit de l'Esprit », tandis que dans le mariage, pour ceux qui daignaient y recourir, chacun devait garder son libre arbitre, entendez : déguerpir quand ça lui chanterait. Mon désir est mon dieu.

Aux catholiques, les pires étroitesses ; aux protestants, le laxisme. D'un côté, la « loi naturelle » impose son règne absolu. De l'autre, l'invitation à l'épanouissement. Ne nous préoccupons surtout pas de ce que l'autre peut éprouver, souffrir, implorer. La bonté, la solidarité, les promesses sont allées rejoindre les jupons mités de l'arrière-grand-mère dans les malles du grenier. La liberté n'est pas un engagement, elle est l'art de se dégager.

Quel écart entre les deux messages ! Mais ai-je bien entendu ? Prêtons l'oreille. Ils pépient le même conseil de mépris : « Ne vous souciez pas des autres. Déposez aux portes de vos maisons toute charité, ce concept d'un autre âge. Votre prochain souffre ? Laissez-le se morfondre, surtout si vous êtes dans le camp des offenseurs. Cela m'est égal. Mais je tiens à ce que vous respectiez les priorités que je vous dicte : pulsion individuelle ou règlement des polices célestes, ça dépend des traducteurs, l'important est qu'ils s'accordent pour négliger les faibles. Que gagnent les forts, les violeurs et les lâcheurs, que les victimes se fassent oublier ! »

L'Esprit qui parlait dans les Évangiles était une colombe, porteuse d'espoir et d'amour. Je ne vois plus qu'un faucon gris, perché sur des poings ecclésiastiques. Ce rapace n'a, je suppose, rien à voir avec le bel oiseau blanc des rives du Jourdain.

(Mars 1992.)

59

En pure perte

Le vieux débat a été ravivé, en février dernier, lors du colloque Science et foi, dont les actes paraissent ces jours-ci : à celui qui nie Dieu, la vérité est « triste » ; on l'aime en pure perte, désespérément, a dit le philosophe André Comte-Sponville. Un tel propos a dû faire courir sur l'échine du public un frisson de plaisir. Des chrétiens, on disait jadis : voyez comme ils s'aiment ! Des athées, il faut donc dire : voyez comme ils souffrent !

Le jeune philosophe avait pourtant rappelé que le pur amour se recommandait d'un entier désintéressement. On n'aime pas pour être aimé, on aime sans condition. Alors, pourquoi a-t-il parlé d'un amour désespéré ? Si l'attente d'une récompense accuse un défaut d'amour, le regret de celui qui n'espère rien est tout autant le signe d'une âme lovée sur son intérêt. Le vrai amour ne s'attriste pas plus de n'être pas rétribué qu'il n'est pressé de toucher ses arrhes. Il est heureux, simplement, d'aimer. Ainsi va le sentiment maternel, modèle de tout amour, dit Alain, en ce qu'il met sa joie et sa fatigue à l'envol sans retour d'un enfant. Triste, la vérité ? Oui, si tu l'aimes peu. Celui qui la désire avec passion la trouve aimable ; il la préfère, quelle qu'elle soit, aux illusions, et se livre à elle, corps et biens, dût-il en périr.

Et quand la vérité nous montrerait un ciel vide, serait-il exact qu'elle ne nous aime pas ? Nos regards reviendraient sur la terre. Elle n'est pas inhabitée. L'homme a existé, et nous restons confondus par l'amoncellement de ferveurs, de travaux, d'intercessions dont nous sommes et la preuve et le fruit. J'entends le discours de l'athée : « Dieu n'existe pas ; donc la vérité n'est pas Dieu. Rien à espérer. Acceptons. »

Mais elle reste la vérité, et je prétends qu'elle est encore aimable. Au philosophe qui nous répète que nous n'avons rien à attendre d'une terre qui ne nous a rien promis, je réponds que cette terre qui ne nous a rien promis nous a tout donné. Comment, nous rameaux éphémères, oublier cette souche éternelle ? Le sang de nos veines, nos vies singulières et le peu de vertu qui est en nous, c'est à la longue patience généalogique que nous les devons, c'est de ces nourriciers obscurs que nous recevons le pain qu'aujourd'hui nous mangeons.

Nous avons été semés par les ouvriers de la première heure, qui n'ont pas vu blanchir les moissons. Le passé aujourd'hui arasé par l'oubli, a sué, labouré, aimé pour nous, *hyper hêmon,* ainsi que tant le répète saint Paul. Jusqu'à ces prières, en vain montées vers un ciel impénétrable, et qui s'en retournent chez nous, ruisselantes de lumière et d'adoration. Le voilà, le réel. Et s'il n'est pas Dieu, il le réclame, pour ne pas dire qu'il le proclame.

Quelle présomption que cette solitude tragique de gens qui se croient abandonnés sous la froideur des étoiles et, perdus dans leur longue-vue, oublient qu'ils sont entourés et choyés et, ô merveille, le furent longtemps avant de naître, mystérieusement portés par la volonté têtue d'une race ! Nous avons été aimés d'abord ! Nos questions, si pathétiques soient-elles, sont précédées par une réponse d'amour. Le monde cesserait-il demain, rien ne ferait que cette force n'ait pas été, qui nous a donné de respirer, de penser, de croire et de douter, d'être libres, d'aimer à notre tour. Pour l'athée, le ciel est sans lueur. Qu'il plonge donc ses yeux dans les puits du temps et regarde trembler, dans leur fond, tant de constellations. À la mémoire d'exhumer de la glèbe la clarté qu'elle ne perçoit pas dans les cieux ! Les raisons d'espérer renaîtront avec les souvenirs, et le passé volera ainsi au secours du futur. Il y a une vérité, divine ou seulement humaine, qui nous aime. Là-dedans est son secret.

(Juillet 1992.)

60

Le Vel' d'Hiv'

La rafle du Vel' d'Hiv' a donné lieu à de fort discrètes manifestations, comme si notre pays n'était pas directement impliqué dans les crimes que la félonie des vaincus ajouta à la barbarie de l'occupant. Il plaît davantage à notre fierté d'entendre que le visage de la France était alors la face tuméfiée de Jean Moulin et ses lèvres restées muettes, ou son sang, celui que sacrifiait, dans le maquis, une jeunesse incorruptible.

Les témoignages pourtant affluent. Vichy en a remis sur les exigences de l'ennemi. Son gouvernement a livré les enfants que l'Allemagne hésitait à demander ; ses sbires ont commencé leur supplice en les brutalisant et en les laissant périr de soif. Enfin, pour remplir le Vel' d'Hiv', il a fallu que les directives de l'État rencontrent la complicité de la police, de flopées de mouchards et des foules indifférentes. Qui niera que c'était aussi la France, et même la France officielle, avec sa peur et ses préjugés antisémites entretenus par les meilleurs de ses enfants depuis le haut Moyen Âge jusqu'à Bernanos, en passant par Voltaire ou Hugo, pour ne citer que ceux-là ?

L'occasion a été manquée d'un solennel avertissement : toute nation, y compris celle qui se croit l'infaillible messagère des droits de l'homme, peut oublier d'être juste et secourable, peut même s'avilir dans les pires errements et tremper dans des exactions si infâmes que les fils se détournent avec horreur de ce qu'ont fait les pères. Mais les fils eux-mêmes ne sont pas à l'abri de nouvelles fautes, s'ils ne dénoncent pas les erreurs de leur culture, s'ils ne redoutent pas les fuites de la lâcheté, le fourvoiement possible des élites, la débâcle des intelligences, quand souffle un vent de folie. Aussi eût-il été utile que la France fît acte d'humilité, lors de cette commémoration, à l'exemple de la Tchécoslovaquie et de l'Allemagne qui se sont inclinées devant les peuples dont elles avaient été les bourreaux. Elle aurait regardé ce visage qui fut le sien, tout contracté par l'effroi et une haine séculaire ; elle aurait confessé sa douleur et son repentir des événements hideux dont elle a elle-même chargé son destin. Partout où les otages ont été parqués, avant leur départ pour l'enfer, à Paris, Drancy,

Compiègne ou Pithiviers, des plaques de marbre exprimeraient le désaveu consterné d'une responsabilité qui a honte d'avoir été française. Passant qui les lirais, tu aimerais que l'éternelle politique taise ici son babil d'orgueil et d'habiletés, et dans la sobre parole qui monterait d'un insolite silence, dans cette inflexion seulement humaine, tu reconnaîtrais ton honneur.

(Août 1992.)

61

Quelle responsabilité ?

Périodiquement, la planète est agitée de convulsions qui ne doivent rien aux ordinaires violences des hommes : une ville est inondée dans le midi de la France, un séisme ravage Le Caire, pour ne rien dire des avalanches qui ensevelissent une caravane de skieurs pourtant sur leurs pistes, des coulées de lave engloutissant un village, des tempêtes qui noient une cargaison humaine ou des épidémies qui reviennent opérer leurs razzias dans la population.

Les croyants jadis levaient les yeux vers le ciel et imploraient la pitié du Dieu qu'ils supposaient fâché. Les incroyants invoquaient des raisons purement mécanistes. Aujourd'hui, ni Dieu ni nature ne sont plus inquiétés. On cherche, y compris dans les malheurs les plus impersonnels, la bévue humaine. Pourquoi avez-vous mis des maisons en contrebas de la rivière ? Pourquoi avez-vous élevé des bâtiments à étages là où la terre tremble? Pourquoi la météo n'a-t-elle pas annoncé les intempéries ? À tout malheur, sa boîte noire. On la décrypte et elle accuse l'urbaniste, l'ingénieur, la compagnie maritime. On se souvient que le désastre de Lisbonne, au cœur du siècle des Lumières, déclencha dans les esprits une crise sans précédent : la bonté de la Providence était mise en cause. Mais on a oublié qu'aux sarcasmes de Voltaire, Rousseau déjà répondait que ce malheur était l'ouvrage des hommes. S'ils avaient vécu selon la nature et sans l'artifice des hautes maisons de pierre, des ruelles étroites, que sont les villes, ils n'eussent pas péri.

Il paraît qu'une météorite s'approche de nous et, dans huit ans, risque de heurter la planète. Comme son diamètre est de un kilomètre, la collision sera une catastrophe. Sera-ce aussi la faute de l'homme ? Oui, nous dit-on, s'il n'a pas réussi à volatiliser l'engin avant sa chute. Voilà l'un des traits majeurs de notre époque : la notion de fatalité s'amenuise, tandis que s'accroît la responsabilité humaine, quels que soient les fléaux.

Cette imputation à l'homme de toutes nos misères irait dans le sens de la morale, qui nous charge du plus de devoirs possibles, si elle en évitait quelques-unes. Mais elle repose sur l'idée dangereuse d'une toute-puissance que nous sommes loin de détenir. À quoi sert alors d'ajouter à la douleur une culpabilité ? Et surtout, elle tient lieu d'alibi : là où l'homme est véritablement comptable de ses souffrances, comme dans les accidents de la route, du travail, du loisir, ou dans l'abus de l'alcool et du tabac, la prévention et la répression deviennent indigentes. Devant le malheur sciemment provoqué, il n'y a plus personne.

(Octobre 1992.)

62

Pentecôte : l'espéranto de l'amour

Le jour de la Pentecôte, un grand vacarme retentit dans un quartier de la ville. Les étrangers qui habitent Jérusalem accourent pour voir. Des disciples haranguent la foule ; ô stupeur, ils parlent à chacun avec les mots de son enfance. Tous sont rejoints au plus intime d'eux-mêmes. Les Galiléens qui annoncent et les étrangers qui écoutent sont comme des amis de longue date ! Il n'y a plus ni Juifs, ni Mèdes, ni Parthes… Il n'y a qu'une sainte et grande espérance humaine.

Pentecôte ! Chute des murailles et des divisions ! En ce jour étonnant, le plus lointain a la voix de son père et de sa mère ; du fond de la maison, il me hèle afin que nous nous mettions à table, pour le partage fondamental du pain et des paroles. Cette toujours neuve fête crie la vérité glorieuse et oubliée : nous sommes tous galiléens, pétris avec cette terre-là, en proie aux mêmes besoins et aux mêmes soucis, avec les mêmes yeux levés vers la candeur des cieux, et les mêmes battements précipités de notre cœur quand nous surprenons la grâce du monde ou nous effarons de ses détresses.

Les disciples, à Jérusalem, parlent notre première langue, celle qui se murmurait doucement autour de nos berceaux. Écoutons : c'est l'espéranto de l'amour.

(Mai 1993.)

63

L'infortune des villes

Ceux qui mettent à feu et à sang de vastes territoires d'un pays qui a perdu jusqu'à son nom, l'ex-Yougoslavie, ont entendu le funeste conseil que leur soufflait leur fureur destructrice : pour anéantir un peuple, il faut le frapper à l'avant et à l'arrière, et pas seulement en plein front, c'est-à-dire aussi dans son espérance et aussi dans sa mémoire. Non contents de viser ses armées et sa population civile, ils s'attaquent aux enfants et saccagent les monuments : ce sont maintenant des cibles stratégiques de première importance, comme les aéroports, les ponts et les dépôts de munitions. Depuis le début de la guerre, des centaines d'églises et de mosquées ont été méticuleusement bombardées. Les quartiers historiques des villes ont été éventrés, sinon rasés : bibliothèques, monastères et musées incendiés.

C'était un enchantement que de flâner à travers Mostar ou Sarajevo. Les voix fraîches de la pierre chantaient la romance des siècles. Ici l'ogive se mariait avec la rosace, là des angelots batifolaient en haut d'un porche, plus loin un minaret dardait sa pointe gracile par-dessus l'enchevêtrement des toits. Silence ! glapit la guerre, et un déluge de gravats vient clore à jamais la conversation gracieuse des cités inondées de lumière.

Heureuses, en regard, les musiques et les littératures ! Les manuscrits détruits ont été recopiés et diffusés. Le miracle des sons et des mots renaît, intact. Les toiles des peintres, uniques chacune, sont plus fragiles ; leur reproduction n'en est qu'une image approchée et n'a pas de valeur, mais en cas de péril, et à condition que l'on y pense, on peut transporter ces œuvres à l'abri dans des caves. Mais les villes conjuguent toutes les vulnérabilités. On ne les recopie pas, on ne les démonte pas pour les cacher, on ne peut organiser leur fuite. Elles exposent à ciel ouvert leurs flèches innocentes, leurs ruelles bruissantes de secrets, leurs cloîtres et leurs palais, leurs fantaisies et leurs sourires. C'est grand, circonscrit, visible de loin, et ça ne bouge pas. Faites tranquillement vos cartons, messieurs les canonniers. C'est un jeu d'enfant.

Le conflit cessera un jour, comme tous. La haine se refroidira et d'ici quelques décennies on ne se souviendra plus pourquoi l'on se battait avec tant de rage. Mais si les causes seront oubliées, les effets seront éternels, le désastre définitif. Comment voulez-vous relever ces champs de ruines ? La barbarie a détruit, une autre barbarie construira : sur les moignons des chefs-d'œuvre calcinés, pousseront les parpaings et les tôles ondulées, peut-être des logements sociaux. En architecture, la haine est gagnante : elle impose son style. À bas fontaines et coupoles, je veux des termitières et des poudrières.

Le sombre rayonnement de la guerre a pour propriété, en visant un ennemi minuscule et une période limitée, de ravager tout le monde et de saccager tous les temps. Qui n'est la victime de la désagrégation systématique du génie humain, de l'appauvrissement irrémédiable d'un patrimoine universel ? Qu'ont fait aux agresseurs, pour qu'ils les brisent, les ouvriers des siècles révolus, le peuple industrieux qui bâtissait en chantant ? Que reprochent les guerriers aux générations futures, à ces enfants dont les parents et les grands-parents ne sont pas même nés, pour les priver sciemment des signes de la ferveur et de la gloire dont ils auront besoin pour vivre ? Rien, mais ils les veulent à leur ressemblance inhumaine.

(Juillet 1993.)

64

Fanatisme encore

Trente-cinq morts, soixante blessés dans un hôtel de Turquie, incendié par les « fous d'Allah », parce que s'y déroulait un colloque d'intellectuels en présence du traducteur turc de Salman Rushdie. Ce brûlant témoignage de foi doit mettre bien de la fierté au cœur de ses exécutants.

Pendant un demi-siècle, nous avons gémi sur les effets du nihilisme soviétique, qui, en niant Dieu, entraînait inéluctablement la déchéance de l'homme. C'était vrai, mais d'une vérité, hélas, incomplète. Les violences qui sévissent en Arabie Saoudite, en Iran, dans l'ex-empire soviétique prouvent, si besoin était de prouver, que la disette des valeurs spirituelles n'est pas la seule cause des charniers.

Historiquement, la foi n'a jamais pu réprimer les zones les moins contrôlées de l'âme humaine. Elle excelle même, le cas échéant, à surexciter ce fond de ténèbres. Comme alors les religions ressemblent à l'athéisme qu'elles conspuent ! Même façon de tirer sur tout ce qui pense, même enfermement dans le lagon d'idées putrides, même sottise au front de taureau, même fureur carnassière, sans cesse à réclamer son rituel de têtes coupées.

L'horreur religieuse existe, plus que jamais, et que l'on ne l'impute pas seulement aux fanatiques de l'islam. Je m'étonne parfois des prudences de nos Églises, quand elles essaient d'esquiver la responsabilité chrétienne en Yougoslavie. Le conflit a d'autres causes, mais la part religieuse y est forte, et nous en conviendrions plus volontiers si le musulman était l'agresseur et le chrétien la victime. Pourquoi ces pudeurs ? Avons-nous la mémoire si courte ? Comme si avec ses croisades, ses inquisitions, ses guerres de conquête, ses hérétiques à sabrer, le christianisme n'avait, lui aussi, inscrit le nom de Dieu sur ses ceinturons, oubliant, contre l'enseignement du Christ, que ce qui est fait à l'homme est d'abord fait à Dieu, que le Serviteur souffrant n'a pas besoin des mains sanglantes des bourreaux, et que le devoir des religions est de dénoncer sans trêve, et à voix très haute, l'imposture qui les guette toutes, de mettre sur le dos du ciel les misérables bassesses de la terre.

(Juillet 1993.)

65

Il n'y a pas que les méchants qui tuent

Soyons francs : qui, entre douze et quinze ans, n'a pointé un pistolet sur le front d'un camarade, ou fait tournoyer devant lui l'éclat d'une lame ? Seulement le pistolet était en châtaignier, la balle en moelle de sureau, et les mères confisquaient les canifs quand elles voyaient les enfants en jouer de cette façon-là.

Des jeux brutaux, des accès de colère non maîtrisés, des gestes irréfléchis sont le propre de l'adolescence. Sur cette étape de la vie, rien ne change d'une génération à l'autre. Qu'est-ce qui change ? Tout le reste. Cet âge, dangereux autant qu'exposé, est aujourd'hui en butte à une inquiétante convergence d'incitations meurtrières. D'abord la disponibilité des vraies armes, vendues à n'importe qui, pourvu que fonctionne le tiroir-caisse : des contrôles dérisoires, faciles à contourner, n'empêchent pas les jeunes d'avoir entre leurs mains des armes qu'un léger bricolage transforme en outil de mort. Ensuite, les films à la télévision se chargent de l'éducation quotidienne de la jeunesse. Le justicier, aussi bien que le bandit, va, le revolver au poing. C'est en fait leur insigne commun, où, par-delà le bien et le mal, se grise leur virilité. La force prime, l'arme est son emblème. Et quand s'ajoutent à ces nouveaux états de fait, qui déjà suffisent à mettre à feu la machine infernale, la pauvreté, l'instabilité familiale, l'inattention maternelle (l'un des meurtriers souffrait du divorce de ses parents), la violence domestique, attisée par l'alcool, le chômage et la fréquentation des bandes, l'on s'étonne moins de la catastrophe qui stupéfie lycéens et professeurs. Avant, oui, c'est imprévisible, tant l'effet est disproportionné, la cause futile. Mais après, les explications suintent sur les murs de ces existences déjà délabrées.

Les deux meurtriers portaient déjà les stigmates de leur défaite existentielle. Celui qui a tué à Brest était fils d'immigré, et un mauvais élève. L'autre, à Chalon, vivait dans le quartier le plus déshérité, comme sa victime. Aucun d'eux n'était, dit-on, méchant. Mais il n'y a pas que les méchants qui tuent. Quand la patience éducatrice a fait défaut, quand la culture est un rêve inaccessible, quand le succès visiblement échappe, quand les mots pour dire le tourment intérieur ne viennent pas, parce qu'il n'y a pas d'oreilles pour les entendre, quand l'avenir est sombre et le présent est morne, couteau et revolver deviennent obscurément les seuls instruments imaginables de la revanche sociale. Ces deux enfants, ce matin-là, ne se sont pas réveillés en se disant : aujourd'hui, je vais tuer. Mais ils avaient l'habitude de porter une arme en cachette. C'était leur gri-gri, leur secret, peut-être la seule dignité qu'ils se reconnaissaient. Un coup de tête, une bagarre insignifiante, l'irréparable est commis. Deux vies interrompues avec toutes leurs espérances ardentes, et deux autres vies brisées d'une autre manière, par les mêmes armes : ces adolescents deviendront des adultes définitivement marqués par ce fer rouge qui inscrit dans leur cœur le nom de criminels.

(Septembre 1993.)

66

La montre

Comme elle a raison, la psychanalyste Nicole Fabre, quand elle médit de ces montres où l'heure s'inscrit en chiffres dans une petite lucarne rectangulaire !

Ces vils objets sonnent en effet le glas du temps. Chaque minute ne se présente que pour s'effacer, tête d'épingle dont il n'y a rien à tirer.

L'insolente numérotation qui s'affiche, à peine née est déjà éteinte !

Le règne escarpé de l'instant ne signifie rien, ne promet rien ; il tombe comme un couperet, décapite le temps, le hachure, le réduit en une charpie qui décourage les meilleures volontés.

Elles sont plus compréhensives, les deux aiguilles de nos montres qui nous donnent à considérer tout le cadran. Même la fébrile trotteuse ne m'empêche pas d'évaluer l'heure entière, unité de base du travail domestique et professionnel. Dans leur gesticulation presque humaine, les deux aiguilles m'instruisent de l'heure exacte, mais aussi du temps écoulé et du temps qui me reste. Elles interviennent personnellement dans ma vie, elles se mêlent de mes affaires. Eh, pas si vite, il n'y a pas le feu ! Ou, au contraire, presse-toi, voyons ! Elles m'encouragent, elles me menacent, elles me secouent. Elles font les débonnaires, tandis que je paresse. Elles me laissent un quart d'heure pour siroter mon café, ou me rassérènent, si un cours m'ennuie, en me faisant admirer sur le cadran le temps déjà grignoté. Bref, elles prennent parti sur tout.

À 19 heures 20, les deux bras s'entrouvrent pour m'accueillir à table. À midi juste, c'est le doigt pointé au zénith, salut à la pleine lumière ! À 13 heures 50, elles harcèlent les traînards avec deux grandes mains dressées en l'air, comme quelqu'un qui panique : « Au turbin, vous autres ! »

Mais l'heure purement arithmétique, l'heure manchote de la montre moderne dévide ses chiffres avec une glaciale indifférence. Ça lui est bien égal que vous vous ennuyiez, que vous soyez impatient, amoureux ou affairé. Selon elle, toutes les minutes se valent et ne valent rien, puisqu'elles s'en vont à la casse, sans esprit de hiérarchie.

Non, cette montre ne vous aime ni ne vous aide. Elle est juste propre à traiter avec des machines, des ordinateurs ou des détonateurs et autres comptes à rebours. Mais elle ne comprendra jamais rien à la psychologie humaine, et fera de vous un anxieux qui ne voit que la chute du temps. Elle vous serine que seule la minute, cette minuscule, cette minable, a de l'existence ou plutôt n'en a pas, étant si vite engloutie. C'est la vieille leçon des Grecs : le temps n'est pas, disaient-ils, puisque le passé n'est plus, l'avenir n'est pas encore, et que le présent est un point sans consistance.

Bonjour, messieurs les Grecs, je veux bien philosopher un peu avec vous, la vie est brève, je sais, nous sommes mortels, mais j'ai quand même à m'organiser dans ce néant, ne vous en déplaise.

Je vis les deux pieds sur terre, un pot-au-feu est prévu ce soir pour mes invités, il mijotera au moins deux tours de cadran. J'ai besoin des heures, des jours, des mois. Qu'elles tournent, les deux aiguilles, et me laissent mon répit, vécu, à vivre et vivant.

Au fait, on me dit que le commerce des montres à chiffres périclite déjà. Ce système retarde. C'est ennuyeux pour une montre.

(Novembre 1993.)

67

L'embryon encore…

Ce minuscule est bien encombrant ! Les procréations artificielles ont commencé à faire parler de lui, en le mettant littéralement à portée de main. Puis on s'est inquiété des tris devenus possibles avant implantation, selon l'aspect ou le sexe. Ensuite, on s'est aperçu qu'ils trempaient par milliers dans l'azote liquide à – 196 °C ; et que faire d'eux ? Il y a quelques mois, deux biologistes se sont amusés à les cloner, c'est-à-dire à les découper, entrebâillant ainsi la porte à la fabrication de « vrais jumeaux ». Que nous réserve l'avenir ?

Sous la succession des péripéties court l'énigme philosophique : qu'est-ce qu'un embryon ? Une chose ? Un animal ? Une personne ? Une chose, non : c'est vivant. Une bête, non : c'est le fruit d'une lignée humaine avec un patrimoine génétique d'emblée présent qui ne virera jamais au scarabée ou à la grenouille. Une personne, non plus, puisque le terme implique conscience de soi et relations avec d'autres. Quoi, alors ? On peut au moins dire : un être humain, dès la première cellule. Cette qualification introduit une coupure dans l'échelle des vivants, et pose l'exigence du respect dû à tous les représentants de notre espèce.

Quelle surprise, pourtant ! Ce grain de poussière initial, dans neuf mois, aura une frimousse et un sourire. Il part de presque rien et aboutit à cette merveille : un enfant ! Qu'il soit humain à tous les stades de sa prodigieuse évolution, aucun doute. Mais nos obligations morales empruntent inévitablement le caractère progressif de ce petit être. Les plus acharnés à défendre la vie se déclarent hostiles à la « destruction » des embryons. Ils ne disent pas : à leur « assassinat » ! Sentons la nuance. Les mères, qui volontiers diraient que cette cellule initiale constitue déjà une personne au même titre qu'un homme fait, ont peut-être observé que l'audace de leur propos est à double tranchant : que répondront-elles à ceux qui leur diront qu'un homme fait, avec sa conscience, son expérience, sa culture, ses attaches sociales, n'est donc pas davantage qu'un embryon et que la dignité de l'homme se réduit à être un agrégat de cellules ? Piètre raison alors de respect.

De même, nous nous attribuons plus de devoirs de protection envers l'embryon de dix jours qui a nidé qu'envers l'embryon de deux jours que, dans un cas sur deux ou trois, la nature éliminera inflexiblement, et sans que la mère se doute seulement de sa très fugitive grossesse. Si un avortement est envisagé, nous préférons qu'il s'effectue très précocement, au temps où l'embryon dépourvu de système nerveux ne souffrira pas. Enfin, l'expérience a montré surabondamment qu'une mère qu'affligeait, jusqu'à son terme, une grossesse non désirée, se met à aimer éperdument l'enfant dès qu'elle le serre dans ses bras.

Ce n'est donc pas sans raison que l'on discute indéfiniment sur le statut de l'embryon, qui entrechoque plusieurs vérités contradictoires. Quand se confirment ses chances de vie, quand émerge sa capacité de ressentir, de se mouvoir, et bientôt de penser, puis d'être au milieu de nous, nos obligations à son égard se multiplient, nos attaches se resserrent. Ce n'est pas qu'avant on le respecte moins, c'est qu'après on le respecte plus. Il ne nous épargne pas ce paradoxe et nous n'avons pas fini d'en discuter.

Tirons-en au moins cette conclusion : l'homme n'attend pas pour être à lui-même un mystère.

(Février 1994.)

68

Jour de marché

En vain l'on parlerait d'autre chose. Irrésistiblement, la pensée revient à Sarajevo, théâtre d'un massacre sans précédent depuis le début des hostilités. Près de trois cents victimes, tuées ou blessées, en plein marché, lieu symbolique d'un rassemblement jovial, d'échanges justes, de paroles, d'ostentation, si misérable soit-elle, des biens de la terre. Lieu actif, bariolé, vital, soufflé par un seul tir. Décombres, cris, ruisseaux de sang. L'horreur.

Du côté des non-belligérants une funeste et hypocrite contradiction entre le cœur et l'esprit. Le monde, unanime, clame sa consternation. Mais sur les moyens de faire cesser le crime quotidien, ce ne sont que divisions, palabres, atermoiements entretenus par la peur de l'escalade, plus puissante conseillère que l'émotion. Paris, hier, parlait d'un ultimatum aux Serbes dont ce matin on ne pipe mot. La capitale française réclame la levée du siège. Londres est de cet avis, mais hésite à engager une opération militaire. Bonn, soutenu par Rome et Bruxelles, demande l'intervention aérienne de l'Otan sur les positions serbes, tandis que Madrid préconise une négociation sans recours au feu. Washington fournirait des armes aux Bosniaques, tandis que Moscou, favorable aux Serbes et aux Monténégrins, réclame la levée de l'embargo.

Les divergences stratégiques découlent de désaccords plus profonds, politiques (quel plan de paix, quelle configuration donner à l'ex-Yougoslavie ?) et philosophiques (la démocratie exclut-elle le « tribalisme » des nations, surtout quand elles sont petites, ou incarne-t-elle ses valeurs universelles justement dans leurs identités particulières et la fidélité à des traditions historiques ?).

Ces débats sont passionnants. Avec d'autres sujets d'étude ils occupent la France. On discute, on fignole les droits de l'homme, on raffine sur le statut de l'embryon, on joue à la balle avec la question scolaire, on pérore sur les « valeurs » tandis qu'à deux heures d'avion se déchaîne en toute impunité une sauvagerie qui passe l'imagination. Par viols, tortures, carnages, destruction systématique de toutes les références à la concorde et au génie humain, la guerre assène tous les jours des coups décuplés par l'armement moderne. Il arrive qu'une explosion plus sonore que les autres nous fasse un moment relever le front. Son fracas n'est pas éteint que déjà nous avons repiqué du nez sur nos aimables et studieux divertissements de civilisés.

(Février 1994.)

69

Un père

Deux mois et demi déjà ! « C'était un père ! » L'exclamation a fusé chez tous ceux qui ont connu le cardinal Marty. Un regard serein et affectueux, pailleté d'espièglerie, une accolade large, un sourire d'indulgence et de bonté accueillaient sans façon tout visiteur dans son cercle de famille. Un père, oui, irrésistiblement. Ce beau titre ne se cache pas en vain dans les lettres qui composent le mot de « prêtre », il en exprime la plus profonde vocation.

Non sans audace au demeurant. A-t-on remarqué que ce vocatif « père » transgresse la défense qu'a faite le Christ ? « N'appelez personne votre père sur la terre, car unique est votre Père dans les cieux. »

Nous voilà bien ! Le mot qui condense l'esprit du sacerdoce accuserait une désobéissance envers celui que le sacerdoce prétend servir. Notre soupçon émane d'une mauvaise habitude. Nous détachons en effet les paroles du Christ de leur contexte, et les exhibons comme des proverbes intemporels. C'est affadir le message que de le soustraire à l'existence et à la chair du Christ. C'est aussi prendre pour de la piété une franche paresse. Lisons pour de bon.

La mission s'achève. Le Christ multiplie fébrilement ses conseils. Il redoute que, lui absent, ses disciples n'adoptent la jactance des pharisiens, dont il vient d'étaler le misérable exemple. Il prohibe tous les titres qui leur monteraient à la tête, maître, chef, père, au sens patriarcal d'alors, autorisant tous un pouvoir incontrôlé. Et pour mieux rabattre leur velléité de domination, il leur dit expressément qu'ils sont des frères.

Ce n'est pas un orgueil clérical qui a introduit le titre de père, c'est le peuple qui l'a spontanément invoqué, à l'heure où les persécutions frappaient la jeune Église. Les premiers chrétiens éprouvèrent le besoin de se regrouper autour de quelques figures de proue, capables de resserrer leur fraternité menacée autour d'eux, de ranimer les courages défaillants, de leur montrer au paroxysme de la haine la tranquille assurance de l'amour. C'était des hommes d'âge et d'expérience. Les convertis estimaient avoir reçu d'eux la vie en recevant la foi. Sages et respectés, ces hommes ne se reconnaissaient que des devoirs au sein de leur communauté, y compris celui de mourir les premiers. Le nom de « père » s'imposa de lui-même.

Or ces besoins sont encore les nôtres. Nos Églises, Dieu merci, ne souffrent pas la persécution sur notre sol, mais elles représentent plus que jamais un formidable pari sur l'absurdité, et la foi, à moins de n'y pas réfléchir, constitue toujours un combat difficile contre tant de raisons de désespérer ou de rester sourd à ses grandes exigences. Elle demande à être éduquée tout au long de la vie. Des pères, il en faut donc. Et pourquoi pères plutôt que maîtres ou chefs ? Parce que ce rôle, s'il est bien compris, n'inclut aucun exercice de puissance mais une tâche d'autorité, au sens étymologique du mot, qui désigne, avec l'effort de faire croître, un service inconditionnel tout imprégné d'amour.

De plus, la paternité est un état invariable. Qui devient père le reste à jamais, fût-il mort ou brouillé avec ses enfants.

Les paternités spirituelles maintiennent en les exaltant ces trois caractères : le service, l'amour, l'irréversibilité de la charge. Tout à l'heure, je me méfiais du mot. Je poursuis ma lecture et je tombe sur la parole qui fait immédiatement suite : « Le plus grand d'entre vous sera votre servant. » Nous y sommes ! C'est exactement le rôle et l'ambition de la paternité.

(Mai 1994.)

70

L'enfant face au mal

Qui le croirait ? Si petit, à peine né, il tient tête aux savants et aux philosophes. Je parle de l'enfant : il a le pouvoir de renverser toutes les explications théologiques du mal. Pourquoi ici-bas la souffrance ? Qu'un docte commence à répondre : « Parce que… », ce minuscule le siffle. Il n'y a pas de « parce que ». Il n'y a que des « pourquoi ». Le mal garde ses épines qu'en vain les beaux esprits s'efforcent d'émousser. C'est en effet un trait constant des religions et des sagesses humaines que de donner raison du mal dans le monde.

L'enfant monte bonne garde. À ceux qui disent que le mal, mort et maladies comprises, est de la faute de l'homme, il répond : « Qu'ai-je fait, moi qui viens de naître ? » Des obstinés poursuivent : « Si ce n'est toi, c'est donc ton père. » « Quoi, répond l'enfant, l'innocence paierait pour le coupable, quel est là-haut ce justicier plus terrible que le péché qu'il réprime ? »

À ceux qui disent : « La souffrance est une éducatrice », il oppose son âme incertaine et les blessures qu'inscrit le malheur, dont beaucoup n'ont jamais guéri. D'autres soutiennent que le mal est une illusion. Il tend alors son petit visage émacié : « Tu peux le dire pour toi, mais pour d'autres que toi, comment oses-tu ? »

Certains recommandent de mépriser les maux dont on n'est pas responsable. Sa voix douce s'élève : « Le petit martyr d'un père sauvage t'est donc indifférent, sous prétexte que tu n'en es pas le bourreau ? » À ceux qui affirment que Dieu éprouve ceux qu'il aime, pour donner matière à leur mérite et mieux les récompenser ensuite, il sourit : « Que sur terre un père torture son fils pour la joie de le consoler après, vous clamez votre horreur, mais vous ne vous scandalisez pas si ce père est votre Dieu ? »

Plusieurs sages définissent le mal comme une étape vers le bien. Ils le croient utile au progrès des sociétés et à la victoire de l'Esprit. Un Dostoïevski déloge cette formidable espérance, en poussant délicatement la frêle silhouette d'un bambin sur les droites allées de ces puissants systèmes. « Vous acceptez un tel marché ! s'écrie le romancier. Si le bonheur du monde doit s'acheter par le supplice d'un seul de ces petits, je rends mon billet. Le prix est trop élevé. »

Les religions reviennent à charge avec l'Apocalypse : « Toute larme sera essuyée. » Une béatitude éternelle effacera le détriment éphémère du malheur.

La petite voix enfantine reprend : « Toute votre éternité ne fera pas que je n'aie pas été cet enfant effaré, tordant ses mains devant son assassin... rien ne rachètera mon supplice ; rien, si Dieu est tout-puissant, ne dissipera cette énigme. »

Le catéchiste réplique : « Tu as souffert par le fait des hommes. Dieu a donné la liberté à sa créature, elle choisit le bien ou le mal ; il lui laisse cette faculté supérieure qui la distingue des bêtes. »

L'enfant devient rêveur : « Et moi qu'on assassine, quelle liberté m'est laissée ? Seul le méchant y a droit ? »

« Laissez venir à moi les petits enfants », dit un jour Jésus à ses disciples qu'agaçait une nuée de gamins autour de leur Maître. La protestation du Christ vole à grande altitude théologique. Laissez venir à lui les petits enfants, ne laissez pas le malheur les approcher. Malades, il les guérit. Morts, il les ressuscite. Il ne veut pas qu'ils souffrent. Il chasse leur détresse et remet le sourire sur leurs lèvres blessées. C'est là, sur le mal, tout son commentaire.

(Juin 1994.)

71

Merci, jeunesse…

C'est avec des mines consternées que l'on susurre, de foyer en paroisse, d'école en tribune municipale : « Nos jeunes n'ont plus de repères ! Ils ont perdu toute valeur ! » Ceux qui gémissent ainsi ignorent sans doute que les jeunes n'ont jamais eu de valeurs, pas même eux, à l'époque, puisque leurs parents émettaient les mêmes grognements, et que les aînés se sont toujours alarmés lorsque les cadets commençaient à relever la tête… Écoutons ce vieillard : « Notre monde a atteint un stade critique : les jeunes se révoltent contre leurs pères, et n'ont de respect pour rien. À ce signe, s'annonce la fin du monde. » Qui donc vaticine ainsi ? Un sage égyptien, il y a plus de quatre mille ans.

La tenace désillusion qui afflige les anciens face aux jeunes est elle-même illusoire. Les pères croient sincèrement ce qu'ils disent, mais la sincérité ne garantit pas la vérité du propos. Et depuis quatre millénaires que la relève des générations est saluée comme une déchéance, l'humanité devrait marcher à quatre pattes si la prophétie était exacte.

Ô paradoxe ! La plainte des vieux est un hymne à la pérennité des valeurs qu'elle croit en péril ! D'abord elle laisse entendre que jusqu'à aujourd'hui la vertu était tenue d'une main ferme. C'est déjà une affirmation bien hardie de confiance envers un passé qui n'a pas laissé que de glorieux exemples. Mais, surtout, ces lamentations ressemblent au grincement de la poulie quand elle remonte l'eau du puits. Un bien précieux se transmet.

En passant d'une épaule à l'autre, les héritages sont secoués, les traditions revues, commentées, rajeunies. Travail nécessaire, signe de la permanence désirée. Ne crions pas à la chute, ni à la casse. Des mains vigoureuses ont saisi ce que nous tendions à bout de bras, et tant pis si nous ne reconnaissons pas nos chers idéaux, justice, liberté, amour, dans l'effort que s'imposent les successeurs pour les réfléchir, les remodeler, les incarner à leur tour. Ces idéaux ne constituent pas des objets de nature, quasi immuables, comme le sont le profil des montagnes ou le volume du cerveau chez l'*homo sapiens.* Ce sont des valeurs humaines, et, comme telles, emportées dans la fantastique chevauchée de la culture. Tout ce qui relève de l'esprit est sans cesse remis sur l'enclume, battu par le fer de l'intelligence, sous la pression de l'Histoire, des responsabilités que l'homme se découvre, de sa marche tâtonnante vers de nouvelles lueurs.

Depuis les origines, l'homme rêve de justice. Est-ce chez lui un rêve pétrifié ? Nullement. Nous ne souscrivons pas à la cité parfaite entrevue par Platon. Nous émettons des réserves devant le jugement dernier dont les théologiens médiévaux menaçaient leurs fidèles. Nous ne partageons pas plus l'avis de notre grand-père, nous gaussant de ses conceptions paternalistes ; et les espoirs que notre génération mettait il y a vingt ans dans la violence des révolutions font sourire les plus jeunes. Eux forgent d'autres modèles, axés sur le partage planétaire, le souci écologique, la primauté reconnue aux plus faibles. Les anciens ne s'y retrouvent plus trop. Les nouveaux ne sont d'ailleurs pas plus indulgents envers leurs aînés.

Cette incompréhension mutuelle est un gage de fidélité. Tout continue, devrions-nous conclure d'une querelle, puisque tout paraît changé. Les structures demeurent, les figures passent. Merci, jeunesse, si, à partir des héritages, tu fais œuvre novatrice.

(Août 1994.)

72

Sur les Champs-Élysées

Fort heureusement, le public est resté calme et, dit-on, bon enfant en regardant l'Eurocorps défiler sur les Champs-Élysées, le 14 juillet, avec ses soldats allemands. L'opinion, pendant plusieurs jours, s'était mise en ébullition. Non pas, Dieu merci, sur le principe de la réconciliation. Mais c'était une question de symbole : oui aux poignées de main, oui aux échanges économiques et culturels, oui à la défense commune du patrimoine européen, mais des semelles allemandes battant à nouveau le pavé parisien, c'était, pour certains, intolérable. Les autres, et massivement la jeunesse, ne partageaient pas cette répulsion. Pour eux aussi la présence allemande était un symbole mais bâti non pas avec des souvenirs, mais avec de l'avenir. Et ceux-là applaudirent à l'Europe unifiée, qui, pour la première fois, se donnait à voir autrement que par des tractations de diplomates.

Si les spectateurs avaient hué les troupes, si l'État n'avait pas invité ce détachement allemand, ceux-là mêmes qui étaient aussi contre n'auraient cependant pas eu lieu de se réjouir. Le vœu de la Résistance n'était pas seulement de mater le monstre triomphant, mais au-delà, elle espérait en une Europe pacifiée, des frontières ouvertes, une humanité partout promue et respectée. Manifester, cinquante ans après, des traces de haine, dirigée de surcroît sur des jeunes gens, innocents des méfaits de leurs grands-pères, eût constitué un hommage un peu triste à nos héros nationaux. Ils ne sont pas morts pour une victoire incomplète, avec des ressentiments perpétués, le risque entretenu de nouveaux affrontements. Ils sont morts pour que les canons se taisent.

Mais pourquoi la Fête nationale, choisie le 14 juillet, le jour où symboliquement le pays a signifié son fait à la violence et à l'arbitraire du politique, se traduit-elle par une ostentation de puissance militaire ? Il se trouve que les régiments traditionnellement les plus applaudis sont ceux qui magnifient les études scientifiques, c'est-à-dire la recherche et l'industrie – les polytechniciens – ou ceux que l'on voit tous les jours utilement à l'œuvre dans nos cités – comme les pompiers. Pourquoi, une année ou l'autre, ne défileraient pas aussi, sous les yeux de tout le pays, les infirmières, les tailleurs de pierre, les musiciens, les employés de la RATP, de jeunes mères avec leurs nourrissons, enfin qui on voudra, histoire de montrer un peuple vivant. Les diverses professions ne descendent dans la rue que pour récriminer. On aimerait aussi les voir afficher leur fierté et leur passion de servir.

(Juillet 1994.)

73

Persévérance

Il paraît que nos compatriotes ont depuis quelques années la passion des arbres généalogiques. Avec un soin de botanistes, ils épluchent les registres paroissiaux des villages et sont tout contents quand ils repêchent dans l'océan de l'oubli le nom de quelque aïeul multicentenaire. Besoin de retrouver ses racines ? Peut-être, pour autant qu'un simple nom les renseigne. Mais il leur plaît aussi de s'amarrer à une chaîne humaine que rien, au cours des âges interminables, n'a jamais brisée : quel réconfort ! Quel sentiment de puissance ! Il y a en effet une formidable bonne santé chez nos arrière-grands-parents. À côté d'eux, nous faisons figure de gringalets, toujours à trembler devant l'accident, la violence, le virus, fragiles de corps et d'esprit, livrés aux incertitudes de l'avenir... Mais eux ! La lignée a glissé le long des millénaires sans un accroc. Ils sont passés à travers l'extraordinaire précarité paléolithique, où l'espérance de vie n'atteignait pas vingt ans, ils ont triomphé des grandes variations climatiques qui les fournissaient alternativement en peaux de lions et en fourrures d'ours, ils ont traversé les rapines des Barbares, la guerre de Cent Ans, l'échafaud de la Révolution, la tuberculose, les massacres de ce siècle. Rien ne les a abattus. Imperturbablement, un homme et une femme ont eu un enfant.

Nous sommes le fruit d'une patience inaltérable, d'une régularité sans défaut. Dans les fureurs de l'histoire, les luttes sans merci de la vie de chair, le fil généalogique n'a jamais cassé. Autant le dire : nous tenons du miracle, et de l'espèce la plus invraisemblable. Depuis trois milliards d'années, la vie a travaillé pour nous !

Les parents, dit-on, cherchent à se donner dans leurs enfants une forme d'immortalité. La réciproque est vraie ; les enfants demandent à leurs parents une éternité rétrospective, la preuve qu'une vitalité les précède, infiniment plus ample que le petit segment de leur vie personnelle. En famille, on se rend ces sortes de services.

Maintenant déroulons la généalogie par l'autre bout. Le grand effet de rassurement s'effondre. Si, par exemple, j'examine la postérité d'une centaine de foyers vivant il y a juste deux siècles, je découvre qu'à peine quinze d'entre eux ont aujourd'hui des descendants. Quand on regarde d'avant en arrière, le fleuve de la vie coule, irrésistible. D'arrière en avant, adieu la gloire, la dynastie trébuche sur les malheurs, les échecs, les morts trop tôt, les disparus sans reste. À nouveau la loi de la nature montre sa face de gaspilleuse.

Puissance et fragilité, selon que l'on monte ou descend l'échelle ancestrale. Deux évangélistes énumèrent la généalogie du Christ. Matthieu la descend, Luc la remonte. Eh bien, sur la corde de Matthieu, qui a choisi le sens dramatique, la succession tressaute, sous les violences historiques, les stupres, les supercheries. À plusieurs reprises la lignée messianique a failli sombrer. Chez Luc, la colonne s'élève d'un seul jet, sans la moindre aspérité, jusqu'à l'origine absolue qui est Dieu. Elle présente l'infaillibilité de nos dynasties particulières, quand nous les prenons dans ce sens-là. Ces vieux auteurs avaient donc compris quelque chose du caractère contradictoire de la vie, semée d'embûches, toujours traquée par la mort, et néanmoins promise à d'infaillibles victoires.

(Octobre 1994.)

74

La dame aux trois prénoms

Ève, dites-vous ? Oui, mais ce n'est là que son troisième nom, donné par Adam lors de la chute. Le narrateur a pensé à ceux qui ignoreraient l'hébreu : Ève parce que mère des vivants. Adam, poussé par Dieu vers la sortie de l'Éden, prend déjà son parti de sa nouvelle patrie, soumise au cycle de la mort et des naissances. Malgré le sol ingrat qu'on lui promet, il trouve à se féliciter ; il admire en sa femme la pourvoyeuse de vie.

Il n'avait pas pensé à ce don merveilleux lorsqu'au paradis elle lui avait été amenée, œuvre commune des doigts de Dieu et du sommeil de l'homme. Dieu avait considéré la solitude de sa créature, il avait eu pitié. Pour la distraire, il avait fabriqué toutes les bêtes et elles avaient défilé sous ses yeux sans l'arracher à sa mélancolie. Alors, il avait façonné la femme d'une côte de l'homme, et un cri d'allégresse avait salué l'ultime étape de la création : « Elle sera appelée l'humaine parce que je suis l'humain. » Adam découvre sa pareille jusque dans sa fibre la plus intime. Après la chute, il célèbre la différence entre elle et lui. Avant, la ressemblance : même clarté au front, même élan qui se retient encore, même tressaillement secret.

Les deux noms donnés par Adam, l'un de contentement, l'autre d'espérance, sont inspirés par l'Ève présente. Mais Dieu, lui aussi, et le premier, avait murmuré un nom. Avant qu'elle existe, il avait évoqué la femme. Il avait dit : « Faisons-lui une aide assortie. » Il faut, pour conjurer l'infidélité des traductions, revenir à l'hébreu : *ezer kenegdo,* une aide en face ou une aide contre. Sous le ciel étincelant des premiers jours retentit l'ample nom de l'amour et de la liberté. Ne l'inspirent ni le naïf orgueil d'une ressemblance ni l'impatience d'une postérité. Il fuse de l'imaginaire d'un Dieu dont les syllabes ont fait le monde et les mains, la femme. Il ne livre ni un modèle ni un rôle. Rien d'une servitude assignée à l'être créé en second.

Dieu nomme son rêve : une aide. C'est lancer un appel. Les vis-à-vis seront aussi au coude à coude. La volupté des sens, bien sûr. Des enfants tant que vous voulez, mais n'oubliez pas que l'idée que Dieu a en tête dépasse infiniment ces plaisirs et ces tâches. Aimer, c'est répandre sur l'argile assoiffée du monde les eaux généreuses qui feront renaître les hommes, chanter les créatures, s'iriser la vie. Le Créateur vient d'embaucher le premier couple pour les grandes œuvres de l'amour.

Il y a une suite : *kenegdo.* En face ou contre. Ève est invitée à n'être ni la servante ni l'ennemie de l'homme. Elle sera l'autre voie de la pensée, celle qui ajoute, suggère, corrige, récuse, inquiète, interdit à l'être solitaire de se figer dans ses certitudes hâtives ou de glisser sans résistance dans son délire. Pour penser juste, il faut cette polyphonie. La raison d'un autre, qui sait dire oui ou non, et délibère entre le oui et le non. *Ezer kenegdo.* Dieu a bien parlé : l'humanité a commencé en étant deux.

(Décembre 1994.)

75

Les mains

Les grottes préhistoriques découvertes ces derniers mois, l'une près de Marseille, l'autre à Vallon-Pont-d'Arc, en Ardèche, ont leurs parois constellées de mains ouvertes. On dirait que du fond des millénaires, nos ancêtres nous envoient leur grand salut matinal.

Pourquoi des mains seulement ? À l'époque magdalénienne et solutréenne, l'homme est capable de dessiner des animaux entiers. Son propre corps, il évite. Question de facilité ? La main tombe directement sous les yeux. Il suffit de l'appliquer sur un mur et d'en suivre le contour avec un bois calciné ou de projeter une poudre qui la dégagera en négatif. Un jeu, tous les enfants connaissent.

La fascination exercée par les mains ne s'explique pourtant pas par l'argument de la commodité. L'extrême habileté de cette partie de soi a de quoi étonner. Yeux, oreilles, nez ne perçoivent le monde qu'à distance, et passivement. Les pieds, vraiment bêtes, ne savent qu'écraser le sol.

Mais la main, d'emblée, prend des initiatives : elle soulève, saisit, déplace les objets ; elle les palpe, en apprécie la forme, le grain, le poids. Elle les entasse, les aligne, ou les disperse. Petits pouvoirs prometteurs, que la taille des premiers outils amplifie et emporte vers une fabrication indéfinie d'objets ; ils portent signature humaine ; la nature n'en est pas l'auteur.

C'est sa main qui permet à l'homme de dire, devant les choses qu'il serre contre lui : c'est à moi ! Devant celles qu'il façonne : c'est de moi ! Et devant ce qu'elle exprime de sa propre personne : c'est moi ! Car elle excelle à traduire ses émotions, selon d'invariables mimiques : le poing que ferme la colère, les paumes, levées en un geste d'adoration, ouvertes pour l'offrande, les mains liées à d'autres mains, en signe d'égalité et de paix.

Nos anciens ne gouvernaient presque rien dans le monde ; à peine trouvaient-ils de quoi s'abriter et se nourrir, mais ils observaient qu'une part de leur chair obéissait ponctuellement aux ordres silencieux qui montaient d'eux-mêmes. Cette soumission attestait un maître intérieur : âme, conscience, sujet. Le sentiment, si propre à l'homme, de la liberté est-il né autrement que du

« je veux » de l'esprit auquel répond le « je peux » de la main ?

Ces hommes à l'intelligence à peine éclose ont peut-être été intrigués par une autre remarque. Ils étaient droitiers. Ils constataient les inégalités de la droite et de la gauche. Il se peut bien que la différence d'aptitude leur ait enseigné la modestie.

Les mains, instruments de leur plus grande puissance, comportaient ostensiblement une faiblesse. À tout pouvoir sa borne, et la preuve, chez l'homme redressé, déjà artiste et technicien, qu'il reste un être inachevé.

Ces mains de vingt mille ans, ce sont déjà les nôtres, avec leurs vieilles significations symboliques : elles rappellent leur inexpugnable limite à nos libertés qui s'envolent.

(Février 1995.)

76

Revivre par les mots

Membre d'un réseau anglais de résistance, déporté à Buchenwald à vingt et un ans, Jorge Semprun fut libéré par l'armée du général Patton le 11 avril 1945. De cette blessure, il n'a jamais guéri.

L'écriture ou la vie[1] ne relate pas le séjour de l'auteur dans le camp. L'horreur vécue ne se traduit pas, dans ce livre admirable, par l'accumulation des quotidiennes injures infligées à l'homme. Elle se dégage, plus subtilement, des sursauts d'un cœur irréconcilié, incapable d'entrer dans une narration suivie, et, plus funestement encore, incapable d'en sortir.

1. Jorge Semprun, *L'écriture ou la vie,* Gallimard.

L'ouvrage commence par le récit de la libération et son objet serait, somme toute, d'évoquer les années ultérieures, qui auraient dû restituer l'auteur à une existence paisible, enfiévrée de travaux, de rencontres, d'amour, de voyages et de lectures. Ces péripéties peuplent en effet ces riches années. Mais le survivant découvre peu à peu que ses sauveteurs n'ont pu couper les fils d'une invisible captivité. Sa vie, apparemment calme, est cisaillée par les brusques assauts des souvenirs. Ils éclatent par rafales, stimulés par une sensation impondérable, ou par glissement imprévisible : une bourrasque de neige devient un panache de fumée à la pointe du crématoire, le silence de la nuit se met à fouler des phrases inhumaines. Même l'émotion de l'amour se brise devant tant d'ombres, et la méditation philosophique se détache du réel, se fond en un regard distrait, sceptique, sur le présent, rêve sans consistance, face à la masse opaque du passé, érigé en vérité totale. Le livre est une narration déchiquetée, aux bonheurs instables, perpétuellement harcelés. Ainsi sa facture dit-elle la mise en pièces de l'âme, du temps, et de la propre amabilité de la vie.

À Buchenwald, il fallait survivre au mal absolu, par la ruse, l'endurcissement du cœur, l'espérance, la flamme d'une dignité invaincue, l'incomparable fraternité des innocents. C'est rendu à l'air libre que l'auteur prend conscience d'une respiration définitivement oppressée. Pour être vraiment délivré, il faudrait l'oubli. Il a été tenté : oublions, vivons. Mais l'oubli n'ouvre pas sa porte. La mémoire déboule à l'improviste et dévaste le bonheur reconquis. Il n'a réussi qu'une fois, lorsque tombé d'un train, par un accident dont lui-même ne peut démêler le rôle inconscient de la volonté, il se réveille, provisoirement amnésique, de son évanouissement. L'état de béatitude qui le baigne est sans autre exemple dans le récit. Cette joie lumineuse s'éteint dès qu'il retrouve son nom, donc sa mémoire crucifiée. Être soi, voilà le terrible, c'est être avec la haine et l'organisation de la mort.

Il a désiré oublier, il ne l'a pas vraiment voulu. Il faut, au contraire, puisqu'il a survécu à tant de victimes désormais muettes, écrire, témoigner. Il doit ce monument à la barbarie et à l'innocence, au sadisme et à la douleur. Passant, n'oublie pas… Se noue alors un jeu poignant entre l'écriture et la vie. Sa mise au travail rebute l'instinct vital, l'oblige à remettre ses pas dans la boue du camp. Il y immole son abandon tant désiré, tant mérité, à la paix fragile des rencontres et à la beauté de la lumière.

Il faut écrire, et ne plus vivre, fût-ce de cette vie abîmée. Il y sera aidé, par une femme, par la fidélité à ses amis morts, par la solidarité avec les souffrants, par les sursauts de sa mémoire. Commence alors la grande entreprise, périodiquement découragée, mais persévérante. Que d'épreuves à surmonter ! Le remords, comme si le supplice des innocents avait fait des rescapés des coupables ; la communication impraticable avec les autres, puisque l'invivable est indicible ; les questions de l'entourage, qui abattent toute réponse ; l'irréalité du réel, dès lors qu'il tolère la légèreté de l'être ; l'effort de rédaction qui le colle à nouveau sur l'odeur de chair brûlée. *« Je ne possède rien d'autre que ma mort, mon expérience de la mort, pour dire ma vie, l'exprimer, la porter en avant. Il faut que je fabrique de la vie avec toute cette mort. Et la meilleure façon d'y parvenir, c'est l'écriture. Or, elle-même me ramène à la mort, m'y enferme, m'y asphyxie. Voilà où j'en suis : je ne puis vivre en assumant cette mort par l'écriture, mais l'écriture m'interdit littéralement de vivre. »* Il a pourtant fait ce choix.

Le site de Buchenwald est aussi celui de Weimar. Les hurlements des SS couvraient la récitation par les prisonniers des poèmes de Brecht, Goethe, Aragon, Char. La forêt a repoussé sur les cadavres des morts par milliers, et la fange du camp fait face incompréhensiblement aux scintillements de la nuit. Lieu symbolique, dit l'auteur, parce que lieu d'expérience. L'Europe y puisera ses leçons d'inquiétude active et un message d'incorruptible fraternité. Le dernier mot du livre est : *« crématoire »*. Mais le livre s'achève, et son auteur persiste, avec ce cœur dont l'ultime page fait entendre le battement. La vie quand même, par l'écriture.

(Mars 1995.)

77

Quand l'âge vient...

Grâce aux progrès de la médecine, ainsi qu'à une paix et, somme toute, une prospérité relatives sur le territoire, la vie de nos concitoyens s'allonge : 73 ans en représentent, chez les hommes, la durée moyenne, tandis que l'espérance des femmes frise les 83 ans. Pour être plus précis, c'est moins la vie qui s'allonge que le temps de la vieillesse. La science nous offre les années supplémentaires par le mauvais bout : nous serons vieux plus longtemps. Traînerons-nous donc interminablement nos infirmités et nos douleurs ? Les pouvoirs publics prennent au sérieux cette objection. Un effort louable est entrepris pour harmoniser la qualité à la quantité octroyée. La santé des vieillards est améliorée ; on leur aménage des logements, des loisirs. Il reste beaucoup à faire, mais on a commencé. Cependant l'opinion de notre société sur la vieillesse n'a pas emboîté le pas aux progrès biologiques et aux avantages sociaux. Le respect ne coûterait pas cher, et il allégerait l'une des souffrances majeures de nos aînés, qui est leur sentiment d'être méprisés et abandonnés.

« Grand âge, nous voici. Rendez-vous pris, et de longtemps, avec cette heure de grand sens ! » Dis-moi, poète, pourquoi ce que ton chant appelle le grand âge fait-il prosaïquement des petits vieux ? Du temps de leur activité, ces gens-là étaient-ils de petits médecins, de petits magistrats, de petits colonels, de petits agriculteurs ? Appelez-vous, quand un robinet coule, votre petit plombier ? L'expression « petites gens » tombe en désuétude, et si, dans une entreprise, on parle encore du « petit personnel », c'est parce qu'il est surtout composé de femmes. Celles-là n'y coupent pas. Leur toise est coincée à quelques centimètres du sol. Petite fille à sept ans, petite tout court (si j'ose dire) à vingt, ma p'tit' dame à quarante en attendant de devenir une petite vieille. Le passage au moins s'effectuera sans heurt.

Mais tous ceux que l'on saluait du titre de « grand patron », « grand médecin », « grand professeur », etc., du jour où leurs genoux se mettent à trembler et leur échine à se courber, rejoignent, aux yeux d'une opinion sans pitié, le menu peuple des petits vieux.

Le grand âge égalise toutes les conditions, en retirant les honneurs et les pouvoirs dont s'enorgueillissait le sexe fort dans la force de l'âge.

Résumons la destinée humaine : petit, grand, petit. La grandeur ne serait que provisoire, donc illusoire ? L'homme n'est en fait que petitesse ?

Par bonheur, certains en jugent autrement. La Bible, par exemple, exhorte, de sa voix profonde : « Cheveux blancs, couronne d'honneurs » ! La suggestion est bonne. Et si nous la prenions au sérieux ?

(Avril 1995.)

78

Démoralisante morale

Une encyclique qui entend défendre la valeur de la vie non seulement devant les catholiques mais à la face de tous les hommes appelle une adhésion immédiate : une telle cause rencontre à coup sûr le vœu profond des consciences. Mais si le pape s'adresse à l'univers entier, pourquoi laisse-t-il sa sincérité s'abîmer dans le mépris, pourquoi condamne-t-il au lieu de permettre les humbles moyens dont disposent les hommes pour atténuer leurs malheurs et avancer vers le mieux ? Là où beaucoup se font un devoir de se pencher sur les problèmes posés par des situations concrètes, le pape n'hésite jamais : il n'y a pas de problème. Il y a le bien, qui est du côté de la vie, prise en son sens le plus matérialiste, et toutes les objections que soulèvent la détresse ou la complexité des faits ne sont que les émanations d'âmes dépravées. Il s'ensuit un désaveu général des sociétés contemporaines : contraception, avortement, euthanasie, le pape observe partout cette triple et même offense à la vie, fondatrice d'une « culture de mort ». La société conspire contre les faibles ; elle extermine vieillards, embryons, malades. Quelle société, au fait ? Ce n'est pas dit, le coupable est « on », mais les démocraties sont manifestement visées : libertés abusives, relativisme, égoïsme, voilà leurs œuvres, et à leurs lois iniques Jean-Paul II dénie toute valeur juridique. La vérité et le bien sont à Rome, splendidement éclairées par une culture de vie historiquement sans défaut. Suivez le guide, pauvres troupeaux !

L'encyclique oublie cependant les fluctuations de l'Église en matière d'avortement, n'a pas un mot de regret pour le monceau de crimes ordonnés ou couverts par la papauté. Cet éloge de la vie s'accommode toujours de la peine capitale, débat au demeurant caduc puisqu'elle est devenue, on croit rêver, « pratiquement inexistante ». Silence chez ce berger tant soucieux de la vie de ses brebis, sur le sida et les moyens de s'en protéger. Silence encore sur les conditions effroyables où la misère et la violence mettent des millions de femmes. Et pourquoi discuter ? Elles ont tort si elles ne s'offrent pas toutes crues à la loi naturelle. Sauf deux petites pages où le pape semble se souvenir que des bonnes volontés, il en existe, ce ne sont que propos outranciers : ils blesseront et la masse d'associations qui n'ont pas attendu ces fulminations pour voler au secours des faibles, et les autres religions, dédaignées, et la culture laïque, soucieuse dès longtemps des droits de l'homme, et l'effort sans précédent de la médecine, et le massif attachement filial de la population.

Le texte ne veut rien savoir, la démocratie porte de méchants fruits, courbons-nous devant l'autorité religieuse qui triomphalement répète à sa façon : hors de moi, point de salut.

(Avril 1995.)

79

Drogue : le pouvoir des jeunes

Tous les États d'Europe sont embarrassés devant la toxicomanie : la répression en aggrave les effets pervers, la légalisation augmente le nombre des consommateurs.

Les élèves du lycée Mariette, à Boulogne-sur-Mer, ont mené, sous la conduite de leurs professeurs, une grande enquête sur la toxicomanie en milieu juvénile. Ils ont interrogé, localement, 6 600 personnes, de 15 à 25 ans. Les résultats de ce travail très méthodique donnent à réfléchir. D'abord, un préjugé est embouti : la jeunesse n'est pas majoritairement tentée par l'offre. Ils ne sont que 20 % à y avoir goûté, au moins une fois, ce qui ne suffit pas à faire un drogué. L'ensemble réprouve et redoute cette démission, cet emportement désespéré contre soi. S'ils voient l'un de leurs camarades touché, presque tous essaient de s'interposer, pour l'arracher à sa manie destructrice, soit par persuasion, soit en lui prêtant main-forte d'une autre manière.

Une enquête antérieure, effectuée par le lycée Paul Bert, à Paris, confirme que le désarroi juvénile appelle à la rescousse des gens de la même classe d'âge : la jeunesse est le meilleur adjuvant aux maux de la jeunesse. Un adolescent en dérive se confiera moins à sa famille ou à son médecin qu'à ses camarades d'école et à ses amis. Les pouvoirs publics n'exploitent pas assez ces ressources. Ils tiennent la jeunesse pour uniformément exposée, incapable d'action, ou la jugent immature, alors qu'elle est saine, réaliste, parfaitement revenue des illusions qui enchantèrent la génération de ses parents, entre le « jouir sans entrave » et l'assurance du plein-emploi.

La jeunesse est aussi influente. Ce n'est pas d'aujourd'hui que la preuve est faite du pouvoir que les adolescents exercent sur leurs pairs. En témoigne leur communauté de jugement, de langage, de comportements et d'utopies.

Embauchons ces précieux alliés. Aidons-les à aider, en développant plus sérieusement leur information et leur formation. L'information les alerterait dès l'enfance des méfaits corporels et psychiques de la toxicomanie. La formation userait d'abord de l'exemplarité des parents : s'ils fument et boivent, ils ne donnent pas à la jeunesse une leçon de sobriété. Ensuite, elle aiguiserait en chacun le sens de sa responsabilité devant autrui, principalement s'il est malheureux.

Pourquoi ne pas solliciter ainsi la jeunesse, puisqu'elle est d'elle-même disposée à la générosité ?

(Mai 1995.)

80

Ce sont eux !

La jeunesse nous étonnera toujours. Deux professeurs ont conduit des collégiens de banlieues défavorisées à un débat sur la génétique. Cas sociaux, classes à problèmes, l'échec déjà inscrit sur les fronts. Les cent enfants se pressent dans un petit amphithéâtre municipal, où les a rejoints le conférencier invité. On discute d'abord de l'état présent de la science, puis de ses exploits attendus. Les savants maîtriseront peut-être assez le gène pour que les familles puissent éventuellement choisir le sexe de leur progéniture et, qui sait, après le sexe, aussi les traits physiques, les dispositions du caractère et le degré d'intelligence.

L'intervenant s'arrête brusquement : « Qu'en pensez-vous ? Auriez-vous aimé que vos parents décident de votre taille, de vos muscles et de vos capacités intellectuelles ? » Un petit Africain lève le doigt : « Mais m'dame, nos parents alors, ils auraient tous demandé des enfants très beaux et très intelligents, et par conséquent, nous serions tous pareils ! » Un jeune Maghrébin renchérit : « Ce serait ennuyeux d'être les mêmes. On n'aurait plus rien à se dire. »

L'intervenant enfonce le clou : « D'où vient votre plaisir d'être ensemble, comme aujourd'hui ? » Un autre élève : « On est différents. C'est ça qui est bien. » Une fille rousse hasarde : « Et d'ailleurs, si les parents commandaient totalement ce que nous sommes, nous ne serions pas nous, nous serions eux. » La conférencière regarde les classes amenées là. Il y a de tout, des Noirs, des blonds, des Arabes, des Orientaux, des costauds, des maigrichons, des visages réguliers et d'autres un peu ingrats. Le point commun, c'est la difficulté d'apprentissage, qui les a mis dans ces classes aménagées. Ils ne cultivent pas trop d'illusions : le chômage les guette, la pauvreté, il faudra un sacré coup de chance pour qu'ils s'en tirent. Eh bien, ils préfèrent être comme ils sont. Le hasard les a concoctés dans ses alambics ; il ne les a pas trop bien lotis, si l'on s'en tient aux critères de l'école et au jugement des personnes fortunées. Mais nul n'a mis son nez dans leur fabrication, c'est l'essentiel ; ils sont eux-mêmes parce qu'il n'y a eu personne.

Avant d'en parler avec commisération, observons-les. Ils émergent à peine de l'enfance, qui est le temps d'un grand bon sens. De leur condition précaire, ils ne font pas tant d'histoires. Les déficiences les modèlent autant que les qualités, et leur donnent leur forme inimitable. Chacun est soi et pas un autre. Dotés de cette intimité secrète, uniques au sein de l'espèce, ils restent somme toute assez contents des jeux inconnus qui les ont faits. Que parfois le sentiment de l'injustice les hante, c'est possible. Tous les jours, sûrement pas ; leur grande affaire est de se retrouver le matin au collège, au milieu des rires bruyants de l'adolescence, et en s'envoyant de grandes bourrades dans le dos

À la porte de leur menue citadelle, on peut tranquillement frapper. Il y a quelqu'un derrière. Il ouvrira, et ses yeux moqueurs vous dévisageront : « Qu'est-ce qu'il me veut, ce bonhomme-là ? » Entrez donc.

(Avril 1995.)

ÉPILOGUE *

« *Déliez-le et laissez-le aller* »

« Les notes, oui, elles y sont à peu près toutes, mais n'avez-vous donc pas entendu la plainte interrogative de la main gauche, au bas de la page trois ? Voulez-vous bien reprendre le trait, et faites pleurer vos doigts, comme ça... » Et sans bouger de son siège, Jane Gordon-Audoli étend le bras et caresse le clavier. La phrase ensevelie s'élève, frissonnante, comme sous une timide haleine, la flamme d'une bougie.

---

* Le texte qui suit est extrait d'un livre (*Honneur aux maîtres,* Critérion, 1991) qui regroupe les témoignages d'un certain nombre d'écrivains sur un professeur qui les avait particulièrement marqués dans leur enfance. France Quéré avait choisi de rendre hommage à son professeur de piano, madame Jane Gordon-Audoli, de Montpellier.

Je pensais le tenir, ce Nocturne. Des heures de travail m'avaient convaincue d'une sorte de complicité entre lui et moi. Et voilà : je n'avais déterré aucun de ses secrets. La leçon terminée, je saute, légère, dans la rue, la tête ivre de sons, de sens, de clartés entrevues. J'ai quatorze ans, âge, s'il en est, des entourages complaisants, des espoirs non fauchés, des éloges verbeux. Quelqu'un pourtant jette avec régularité sa fausse note dans le concert laudatif. C'est malheureux, il faut que ce soit le professeur de piano ! Chaque mercredi apporte sa déception illuminante ; je crois savoir et mon Socrate musical m'étale l'étendue de mon ignorance. « Plus confus, vos arpèges ! Vous jouez Debussy comme si vous étiez au clavecin de Rameau. Ne regardez-vous jamais de toiles impressionnistes ? Mettez-moi là des nuages, pas des notes. »

« Non, pas si rude ; le *sforzando* sur le *la* bémol n'écrase pas le poing sur la face de l'auditeur, il en tombe amoureux. Le trait monte tout entier vers l'aveu et culmine sur ce mot suprême… Allons, vous retravaillerez ça. » Elle parle ; et son crayon zèbre de grandes protestations le cahier déployé.

J'entends, j'entends, je crois entendre. Le chant glisse en moi, de l'âme indiciblement inspirée. Est-ce Chopin qui vient, délivré par la magie des mots, ou est-ce moi qui m'avance enfin vers la musique ? Qu'est-ce qui me retenait ? De quoi étais-je prisonnière ? À son insu, mon professeur de piano éclaire l'évangile que je lirai plus tard.

Quand le Christ, au bord du tombeau où Lazare se dresse en titubant, dit à la foule : « Déliez-le, et laissez-le aller… », ce sont ces pauvres gens en deuil qu'il envoie faire leurs premiers pas sur une terre affamée de leurs regards. Ils avaient les yeux clos.

Heureux mercredis où infailliblement s'entrebâillent les portes de la beauté, non pour ma confusion mais pour l'éducation de ma nigaude jeunesse. Je remporte au creux de mes songes l'offrande que le génie a travaillée de ses mains mystérieuses. Ma prise est ténue et comblée. Je ne touche chaque fois qu'un écot, mais d'un fonds inépuisable. Plus je me familiarise, plus la nouveauté me surprend. Essayez donc d'attraper les étoiles.

La musicienne ne m'a jamais parlé de religion – elle ne croit ni à Dieu ni à diable – mais au fil des ans elle m'administre la vérité dont je ferai mon pain perpétuel : les œuvres ne sont pas seulement belles de leur beauté immédiate, qui n'est qu'un portique. Elles recèlent, à l'intérieur, des trésors que seuls entrouvrent l'effort et l'amour. Si je ne pressens rien de cet infini, c'est de ma faute : je n'ai pas fait crédit. Un jour, quand je lirai dans Lévinas et Blanchot que « l'autre est plus près de Dieu que je ne le suis moi-même », je me souviendrai que cette leçon d'humanité m'a déjà été donnée, devant mon clavier.

Je parle aujourd'hui de Jane Gordon-Audoli, moi qui n'ouvre plus mon piano que fugitivement, parce qu'avec Beethoven et Liszt, elle m'a instruite de mon propre métier – bien ignoré alors – et même de ce que je devrais être, et nous tous. La musique est l'école supérieure du prochain. C'est nous qui le ligotons, le prochain, et le mettons au tombeau, en tirant par-dessus le marché la dalle sur nous-mêmes. Mais lui, ne demanderait pas mieux que de nous montrer qui il est, à notre grand étonnement ; et avec patience, il attend, dans les livres, les musées, les partitions ou tout simplement à notre porte, qu'on lui en donne la permission. « Déliez-le, et laissez-le aller »…

« Voulez-vous bien me rejouer la dernière pièce des *Scènes d'enfants,* en vous souvenant, je vous prie, de son titre : "Le poète parle". Plus que les notes, ici les silences chantent… »

TABLE DES MATIÈRES

SOURCES

La Croix : chapitres 3, 4, 5, 7, 9, 10, 12, 13, 14, 15, 17, 18, 19, 20, 22, 26, 28, 30, 33, 37, 44, 49, 50, 52, 59, 63, 73, 74, 75, 80.

Panorama : chapitres 6, 8, 11, 16, 21, 23, 24, 27, 29, 31, 32, 34, 35, 36, 38, 39, 40, 41, 42, 45, 46, 47, 48, 51, 53, 54, 55, 57, 66, 67, 69, 70, 71, 77, 79.

Réforme : chapitres 1, 2, 25, 43, 56, 58, 60, 61, 62, 64, 65, 68, 72, 76, 78.

Achevé d'imprimer en mars 1996 dans les ateliers de
Normandie Roto Impression s.a., 61250 Lonrai
N° d'éditeur : 2428. N° d'imprimeur : 960529. Dépôt légal : mars 1996
Imprimé en France